異世界で
魔王に生まれ変わった
青年
ユキ
誘拐された
ユキを助けるため
レフィ出動!!
魔王《まおう》になったので、
ダンジョン造って
人外娘と
ほのぼのする
12
古代龍
レフィシオス
(愛称:レフィ)

勇者
ネル
「ふぇ、フェニックス？」
まさかの古代龍と
和やかティータイム！

古代龍
シセリウス
「フェニックスが燃えた後に残る、灰で作ったものだよ」
「流石龍族って感じの話っすね……」
「このお茶、とても美味しい」
ユキの武器
罪焔《ざいえん》
（愛称：エン）
ウォーウルフ
リューイン
（愛称：リュー）

「神槍か」

魔王《まおう》になったので、ダンジョン造って人外娘とほのぼのする

MAOU NI NATTA-NODE DUNGEON TSUKUTTE JINGAI-MUSUME TO HONO-BONO SURU.

12

著 流優 RYUYU

ILLUST. だぶ竜

口絵・本文イラスト
だぶ竜

装丁
AFTERGLOW

MAOU NI NATTA-NODE
DUNGEON
TSUKUTTE
JINGAI-MUSUME
TO HONO-BONO
SURU.

CONTENTS

プロローグ　少しずつ進んだ関係

周辺各国、そして周辺種族を巻き込んで発生した大戦、『屍龍《しりゅう》大戦』が終了し、諸々《もろもろ》の後始末が終わった。

まだ全《すべ》てが片付いた訳ではないし、魔界王から頼まれた仕事を近々こなさなければならないが……それでも、あの戦争における大部分は、一段落したと言えるだろう。

ただ、俺にとって重要なのは——ウチの面々とのことだ。

リューとの、正式な婚姻。レイラとの、少し変化した関係。

そして、レフィの、妊娠。

少しずつ、だが確実に、前進している関係性。

俺は、自分のことを、どうしようもない男だと思っている。

自分勝手で、偽善的な、大人とは言えないガキっぽい男。

だが、もう、泣き言を溢《こぼ》す段階は、過ぎたのだ。

そんなどうしようもない俺を、愛してくれる皆が隣にいるのならば、男として、気張って生きるのだ。

さあ、頑張らねぇとな——。

◇　◇　◇

魔界王と、魔界王の部下ルノーギルと酒盛りを楽しんだ、その翌日。

「――何じゃ、もういいのか？　昨日《きのう》はあれだけ甘えてきおったのに。お主が望むのならば、もっと甘やかしてやるぞ？」

「う、うるせぇ、酔ってたんだ、昨日は」

ニヤニヤとからかってくるレフィに、俺は気恥ずかしさから顔を逸《そ》らす。

……ほとんど覚えていないが、温《ぬく》もりを求めてレフィに抱き着き、彼女にこっ恥ずかしいことを幾つか言った気がする。

珍しく深酒をして、酔っ払いまくっていたので記憶が曖昧《あいまい》なのだが、多分コイツの方は、その俺の言動の全てを覚えているのだろう。

クッ、昨日の俺め……隙を晒《さら》しやがって……！

「ほれ、手を繋《つな》いでやろうか？　確か、昨日のお主は、儂《わし》と繋がっておると、天にも昇る気分じゃとか何とか言うておったが」

「い、いや、何を言っているかわかりませんね。あなたの聞き間違いじゃありませんか？　私はそんなことを言った覚えなど――」

「そうかそうか。では、昨日のお主の姿は、儂の胸に秘めておくとしよう。『お前の首筋……美味《うま》いな。甘くて、柔くて』とか言うて、甘噛《あまが》みしてきおったお主の姿は、それなりに可愛《かわい》いものがあったのう」

ビシリと、俺は身体《からだ》を硬直させる。

「そうそう、あと何じゃったか。『お前の唇も、プルプルで、柔らかそうで、美味そうだ』なんてことも言うて、こちらに顔を近付けて――」

「ぐわああああぁッ、やめろおおおぉぉぉ!!」

俺は逃げ出した。

◇　◇　◇

「クッ、レ、レフィめ……的確に俺が嫌がる言動を覚えやがって……!」

だんだんと、ヤツに握られる俺の弱みが増えている気がする。

タチが悪いのは、決してアイツが大袈裟《おおげさ》に言っている訳ではなく、俺自身そんなことを言ったような記憶が朧《おぼろ》げに存在していることだ。

近くにあるレフィの顔を見て、確か、酔っていた俺は思わず――ぐわあああぁ!

「クゥ……?」

と、一人恥ずかしさから悶《もだ》えまくっていると、隣から「あー……大丈夫ですか?」と言いたげな鳴き声が聞こえてくる。

我がペット、リルことモフリルの鳴き声である。

――俺は今、旅行帰りでペットどもの様子を見るため、草原エリアを出て魔境の森へとやって来ていた。

「むっ……オホン、気にするな。こっちの事情だ。それより、お前ら元気にしてたか？　留守中、守ってくれてありがとうな」

俺の言葉に、リルを筆頭としたペット軍団、オロチ、ヤタ、ビャク、セイミが頭を下げる。

俺は彼らを労《ねぎら》った後、羊角の一族の里で土産《みやげ》に買ってきた、『調教師』と呼ばれる魔物使い達が使うらしい、魔物が好むという特殊な餌を彼らへと渡す。

すると、結構な値段がしただけあったらしく、我がペット達は最初は興味深そうに、次に大喜びな様子でその餌に食らい付き始めるが……その中でリルだけが、土産を後にしてトテトテと俺の隣へとやって来る。

「おう、どうした？　お前も食っていいんだぜ？」

「クゥ」

俺の問い掛けに、リルは「その……すみません、一つ相談が」と鳴き声をあげる。

「へぇ？　お前からの相談ごとか。珍しいな」

俺の言葉に、我がペットは「お手数を掛けます」と鳴いてから、事情を説明し始めた。

――どうやら、コイツが個人的に配下としている魔物どものことで、頼みがあるようだ。

リルの力を恐れ、その配下に入ることで生存競争を生き延びることにした賢いヤツら。

その連中のことは、以前から知っている。

ソイツらは全員、ウチのペットどもと、そしてそのまとめ役であるリルのことを主《あるじ》としている訳だが……リル自身の主は、俺だ。

だが、今は群れが大きくなったことで、俺のことを知らない魔物が増えてしまったらしい。

つまり、リルこそが全てのトップだと思っているのである。

別に、リル個人の配下のことなので、ウチに敵対してこないのであれば好きにしてくれて構わないのだが、どうやらリルの方が、それは嫌なのだそうだ。

自身は俺の配下であり、そしてダンジョンを守る者であるため、その意識を配下達にも持たせたいのだと。

リルの相談ごととは、その配下達に俺の顔見せをしてほしいというお願いだった。

「お前は相変わらず、真面目《まじめ》なヤツだなぁ」

「クゥ」

一声鳴き、頭を下げるリル。

…………。

「……なぁ、リル。俺は、お前のことを大切な相棒だと思ってる」

コイツは、俺のペットだ。ペットだが、しかし大事な『友』でもある。

何度も共に死線を潜《くぐ》り抜けた、俺の背中を任せられる相棒。

そこに主従という関係性はあるのかもしれないが、それでも互いを守り、互いを信じ、戦い抜いてきた仲だ。

レフィ達とはまた違った、大切な存在である。

「俺とお前の間に、主従関係は確かにあるかもしんねぇ。けど……お前が望むのなら、好きに生きてくれていいんだぜ？　どこか出掛けたりとか、お前のその配下どもを率いて、お前が主として生きたりとかな。もっと、自由にしてくれても、俺は何も言わないさ」

俺は、コイツとは対等にやっていきたいと思っている。

友だからな、望むのならば、何物にも縛られず自由に生きてほしいとも思っているのだ。

そりゃあ、ウチからいなくなられたら困るし、寂しいのだが……俺がコイツの可能性を潰《つぶ》すようなことは、したくない。

リルは、世が世ならば天下を狙える程の実力を有する魔物である。

レフィですら苦戦する程の、圧倒的なポテンシャルを持つ魔物なのである。

俺の配下としてこの魔境の森に縛られているため、外へと出る機会は滅多にないが、そうでなかったらきっと、我がペットの存在はすでに広く知れ渡っていることだろう。

「……クゥ」

俺の言葉に、リルはまず「……心遣い、ありがとうございます」と礼を言ってから、しかし首を横に振り、鳴く。

――自身が、ここを離れることはあり得ない、と。

俺が、ここを大事に思うように、自身もまたこの場所を大事に思っている、と。

自身にとってもここは『家』であり、だからこそ離れたくないし、俺達と一緒に生きたいのだと、真摯《しんし》な顔で俺を見詰めながら、語り掛けてくる。

その表情には、珍しく、少し怒るような感情も見られた。

こちらの覚悟を、バカにするなと言いたげな表情だ。

「……そうか。悪ぃ、くだらねぇことを言ったな」

そう言うと、リルは「いえ、お言葉は、本当に嬉《うれ》しかったです」と言いたげにフッと笑い、グリグリと俺に頭を押し付けてくる。

俺は、両手で我がペットの触り心地の良い毛並みをグシグシと撫《な》で、それからその背中へと飛び乗った。

「うし！　んじゃあ、お前の配下達んところへ案内してくれ。顔見せと行こうぜ！」

◇　◇　◇

そうして連れられたのは、魔境の森の中に存在する、開《ひら》けた場所だった。

そこには、リルの配下らしい魔物達がおり……。

「あー……これ、全部が？」

「クゥ」

騎乗中の俺の言葉に、下からクルリとこちらを向いて、「そうです」と頷《うなず》く我がペット。

――眼前に広がる、魔物の軍勢。

そう、軍勢だ。大分前に一度、草原エリアにリルの配下達が来たことがあったが……今ここには、その頃《ころ》とは比べ物にならない数の魔物が集結している。

五百……いや、もっといるか？

一番多いのは、やはりリルと同種族の狼《おおかみ》型の魔物。超モフモフ空間だが、残念ながらリル程の毛並みのはいない。

リル、お前のモフモフは、やっぱ特別なモフモフだな。

次に多いのは、蛇や鳥などの魔物であるようだが、これはオロチとヤタの影響だろう。

逆に、ビャクとセイミは種族が特殊だからか、近親種っぽいのは全くと言って良い程見当たらないな。

雑多な、ウチのペット達とは共通点がなさそうな種族が残りを占めている感じだ。

俺の見たことのある魔物から、見たことのない魔物まで非常に多種多様な種族が揃《そろ》っており、さながら魔物見本市といった様相である。

一番相応《ふさわ》しい言葉は……『百鬼夜行』だろうか。

多分コイツら全員引き連れていけば、そこらの国なんて簡単に落とせることだろう。

……いや、ぶっちゃけ今の俺と、そして我が家のペット軍団さえいれば、もう可能か。

どうやら、予《あらかじ》めこの場に集められていたらしいその魔物軍団は、リル達の姿を見ると跪《ひざまず》くようにしてその場に座り、大人しくしている。

なかなか異様な光景だ。こういう姿を見ると、こちらの世界の野生生物が、前世の野生生物よりも頭が良いということがよくわかる。

本来ならば共存し得ないであろう生物達が、殺し合わず、逃げもせず、こうして一つの頭を仰いで従っているのだから。

いや……こちらの生物が、というより、やはり魔境の森の魔物達が特殊なのかもしれない。

基本的に身体《からだ》がデカいから、脳味噌《のうみそ》の容量もデカいのだろうか。

「ガウッ！」

そんな魔物どもの前で、威厳のある態度で一声鳴く我がペット。

すると、魔物どもは一斉に頭を下げ、そしてリルは「では、お願いします」と言いたげにこちらへ目配せする。

……これを前に話をしろって？

俺、別に演説とか、そういうの得意じゃないんだが……というか、リルよ。

お前、俺の知らん間に、王としての風格みたいなものが備わってきているな。

あれだな、お前、マジで物語の主人公みたいな感じだよな。

我がペットの成長に、一つ苦笑を溢《こぼ》した後、俺は魔物どもへと向かって口を開いた。

「……俺は、ユキだ。お前らの主じゃないが、リル達の主ではある。つまり、間接的にだが、お前らの本当の主とも言える」

俺の言葉を、下にいるリルが翻訳するように鳴く。

すると、幾匹かの魔物が反発するように立ち上がって鳴いたが、次の瞬間我が家のペット軍団の魔法によって滅多打ちにされ、大地にお座りさせられる。

死んではいないようだが、気絶はしたみたいだ。

うむ、あれだな。典型的な、体育会系縦社会だな。

……まあ、反発するのも正直わかるのだが。

リルは俺のことを立ててくれているが、ぶっちゃけ、俺とリルの戦闘技能はほぼ一緒だ。

いや、日々魔境の森で過ごしているリルの方が、高いかもしれない。

そんな俺が急に現れ、本当の主だ、なんて言い始めても、受け入れられないのはよくわかる。

この魔物達からしたら、「いや、お前誰やねん」って感じではなかろうか。

ただ、俺を受け入れられずとも、俺のペット達のことは怖いようで、反発したヤツ以外の他の魔物どもは、大人しく俺の言葉を聞く姿勢を貫く。

「あー……今みたいに、だからと言って、そう簡単に俺の言葉を聞き入れられないのはわかる。だから、俺の言うことは聞かなくてもいいが、代わりにお前らはリルに従え。リルに従って、好きに生きろ。俺と、俺の家族に敵対してこない限りは、俺は何にも言わねぇ」

ジッと、こちらを見詰める視線。

リルが翻訳してくれているが、いったいどれだけ、俺の思いが伝わっていることだろうか。

「俺達に敵対するのなら、殺す。それだけの戦力がこっちにあるのは、わかるだろう？　けど、従うのなら、守ろう。リル達を慕って来たのなら、そのままコイツらの言う通りに生きろ。悪いようにはしねぇさ。――お前らも、コイツらをしっかり守ってやれよ」

俺が騎乗中の、リル以外のペット四匹が、同時に俺に向かって頭を下げる。

俺を上位者として見なしている彼らの行動を見て、魔物どももまた、少し戸惑った様子ながらも、こちらに向かって頭を下げた。

◇　◇　◇

――リル配下の、魔物軍団を解散させた後。

「クゥ」

先程の演説があんまりお気に召さなかったらしく、「もうちょっとだけ圧力を掛けてほしかったのですが……」と物騒なことを言うリルに、俺はモフモフの身体をポンポンと撫でながら答える。

「悪い悪い、けど俺、正直に言うけど、お前らの主であってもアイツらの主であるつもりはないからさ」

俺の中には、そこで一つ線引きがある。

守ろうと思えるのは、ペット軍団まで。それ以上の面倒を見るつもりはないのだ。

リルの耳をワシャワシャと撫で回し、その眼《め》を見据え、言葉を続ける。

「俺が大切なのは、お前らまでだ。その下は、ぶっちゃけどうにも思えん。どうでもいいとは言わんが、その生死にあんまり興味が持てねぇんだ。だから、さっきも言ったが、お前らが守ってやれ。

下のヤツらを守るお前らを、俺が守ろう」

「…………」

リルは、しばしの無言の後、それから諦《あきら》めたように小さくため息を吐き出す。

「グァアクゥ」

「おう、俺はいつでも俺のままだ。お前にゃあ毎回迷惑掛けるが、これからもよろしく頼むぜ。俺がこうして任せられる相手っつーのも、お前ら以外にいねぇからさ」

ウチのダンジョンは、最終兵器としてレフィがいる。

ネルも、勇者として頼ることが出来る。

だが、ずっと前から心に決めていることだが、そういう面で俺は彼女らに頼りたくない。

男である以上、その意地は死ぬ気で貫き通すつもりだ。

「――と、そうそう、話は変わるんだが、近い内にネルんところの国に行くつもりなんだが、リルも付いて来てくれ。今回は俺を送るだけじゃなくて、その後も一緒に行動してほしい」

了解しましたと、首を縦に振るリル。

王達が他種族同士の交流を増やし始めたことで、もう俺は姿を偽って人間の国に入る必要がなくなった訳だが、その際リルを連れて行った方が良いと魔界王に言われたのだ。

理由は、俺が割と人間に近い見た目をしているからだそうだ。

もっとわかりやすく威厳が伝わるよう、畏怖《いふ》されるよう、目印としてリルがいた方がいいらしい。

まあ、人間は特に、魔力周りの感性が鈍いからな。友好的にやり始めている以上、威圧してはダメだが、しかし舐《な》められてもダメということなのだろう。

一応俺も、対外的には皇帝って身分になった訳だしな。

そうして、リルと軽く日程の打ち合わせをしていたその時、こちらに近付く一人分の足音を俺の耳が捉《とら》える。

幼女組には、絶対に一人だけで草原エリアの外に出るなと言い付けてあるし、ネルはもう国に戻っているので、レフィかリューだろうと当たりを付けていた俺だったが――。

「――お、レイラか？　珍しいな、お前がこんなとこまで来るなんて」

こちらに向かって来ていたのは、レイラだった。

「はい、そのー……リューが『今日の家事はウチが代わりにやるから、レイラは休むといいっす！おっと、そう言えば今、ご主人が一人で外に出てるようっすねぇ。レイラも外の空気を吸ってきたらどうっすか？』、と」

「あぁ……」

きっと、これ以上なくニヤニヤしながら言ったことだろう。容易に想像出来る光景である。

「てか、リューの真似上手《まねうま》いな」

「これだけ一緒にいたら、流石《さすが》に喋《しゃべ》り方の特徴も覚えてますからねー」

「声が似てなくとも、抑揚が同じだと声真似が上手く感じるよな」

「フフ、そうですねー。シィちゃんなんかは、抑揚の他に、本人そっくりの声を出すことも可能ですがー」

「いや、ホントに。シィの声真似はビビる」

シィの場合は、スライムという自由自在な身体を活《い》かし、実際に声帯を作り替えて声真似するので、似てるとか似てないとか以前に、同じ声を出すことが可能なのである。

俺は、笑って言葉を続ける。

「そんじゃ……せっかくだし、一緒に散歩でもするか。リル」

「クゥ」

一声掛けると、リルは心得たとばかりにその場に腰を下ろし、俺は彼の背へと飛び乗る。

いつも悪いな、リル。もう、今後どれだけこちらの世界の技術が進歩しても、車とか発明されても、俺は一生お前の背中に乗り続ける気がするよ。

「さ、手ぇ出せ」

「では、お供させていただきますねー」

ちょっと照れくさそうに微笑《ほほえ》むレイラの手を取り、一気にその身体《からだ》を引き上げ、俺の前に座らせる。

……ウチの嫁さん達はともかく、レイラとこうして密着する機会など滅多にないから、正直ちょっと緊張する。

二人きり、というのがな。何と言うか、新鮮だ。

と、俺と同じことを思ったのか、レイラはその白く透き通るような肌を赤らめ、口を開く。

「……何だか、気恥ずかしいですねー。ユキさんと私とで二人、というのはほとんどありませんからー」

「そうだな、新鮮な感じだ。……その、これからは、お前ともこういう時間を増やすようにするよ」

「フフ、ありがとうございますー。……えいっ」

「わっ」

レイラは後ろに座る俺へと身体を預けると、俺の両腕を取って自身の腹部へと回させる。

ちょうど、後ろから抱き締めるような恰好《かっこう》だ。

「え、えっと、レイラさん？」

「ん、ユキさんの心臓の音が、一・五倍程になりましたねー。呼吸数も上がっていますよー」

「そ、そりゃ、そうなるわ。お前程の良い女にこうされて、心拍が上がらん男はこの世に存在しねえ」

ウチの嫁さん達を抱き締めたり、幼女達を抱き留めたりする時とはまた違った感覚だ。

レイラはスタイルが非常に良いし、我が家の面々の中でも、アレがアレだし。うん。声には出さん。

「そこまで言っていただけると、女冥利《おんなみようり》に尽きますねー。これからは、あなたのために、もっと女を磨きますねー？」

見上げるような形でこちらを向いて、妖艶《ようえん》に微笑むレイラ。

俺は、思わず息を呑《の》み、何も言えなくなる。

体温。密着した身体から感じる、彼女の呼吸。

のっしのっしと、魔境の森の中をゆったりと歩くリルに揺られる。

「……それにしても、ユキさん」

「お、おう」

「こうしてくっ付いているの、恥ずかしくて顔から火が出そうですー」

「おう、お前がやったんだけどな」

いつの間にかレイラは、顔を真っ赤《まか》にしていた。

……どうやら、彼女は彼女で、頑張っていたらしい。

こういうレイラの姿は、本当に和むわ。

――その後、戻った居間ならぬ真・玉座の間にて。

「んふふー」

「……何ですかー、リューー？」

ニヤニヤと楽しそうなのを隠そうともせず、間近から顔を覗《のぞ》き込んでくる同僚の少女に、レイラは平静を装いながら、そう問い掛ける。

「いやいや、別にー？　何だか、レイラが嬉《うれ》しそうだなー、と思って」

「いつもと変わりませんよー」

「そうっすか、そうっすか。とってもいい時間を過ごせたっすか。いやぁ、友人が嬉しそうにしているのを見ると、心が休まるっすねー」

「……うるさいですよ、リュー」

「もー、照れちゃって、可愛《かわい》いんすからー」

ここぞとばかりにからかってくるリューから、ひたすら顔を背け続けるレイラだった。

◇　◇　◇

ネルが所属する国であり、ユキとも因縁の深い人間の国、アーリシア王国。

その国王、レイド＝グローリオ＝アーリシアは、報告書に目を通しながら、思わず舌打ちをしていた。

「……チッ」

――彼の下にもたらされたのは、『人間至上主義』などという考えを掲げる馬鹿者どもの動きが、想像以上に素早く、その思想が広範囲に浸透し始めているという情報であった。

ヒト種の中で最も優れているのは、人間であるという主義。

故に、劣った他種族は排斥すべきであり、他種族と協調するなどというのはとんでもないことであるという考え。

ヒト種の中で、まず最初にこういうことが起こるのは、人間であろうとは予想していたが……まさか、こんなにも早いとは。

こういう問題が出るだろうことは考えられていたため、レイドは予《あらかじ》め幾つか手を打っていたものの、想定以上に、その思想に感化される者の数が多かったのである。

報告書を見る限り、どうやらそれは、他種族との関わりが無い者の方に多いようだ。

「先入観による恐怖、か……」

実際に交流のある者達は上手くやっているようだが、そうでない者達は恐らく、他種族に対する勝手なイメージが先行してしまい、国を乗っ取られるのではないかと恐怖を覚えているのだと思われる。

人間は、命の時間が他種族に比べ短く、弱い。

故に、長く生きる上に強い他種族は、恐怖の対象なのである。

今回、裏にいると思われる者達はそのことをよくわかっており、そっと不安を煽《あお》るだけに留《とど》まっているものの、それで大きな効果をあげられてしまっている。

そう、裏だ。この流れが自然に発生したものではないことは、すでに調査でわかっている。

――全く、この忙しい時に面倒なことをしてくれたものだ。

この思想は、今後必ず国に災禍を招くため、根絶せねばならない。

余計なことしかしない敵に、苛立《いらだ》ちを覚えながらそう決意を固めていると、コンコンと執務室の扉が叩《たた》かれる。

「入れ」

「失礼致します。――陛下、勇者殿がお会いしたいといらっしゃっております。現在は応接間でお待ちいただいておりますが、いかがいたしますか？」

「む、彼女が？　わかった、すぐにそちらに行こう」

レイドはフゥ、と息を一つ吐き出して気分を切り替えると、勇者の少女が待っているという応接間に向かい、中へと入る。

待ってくれていたらしい少女は、こちらを見るやソファから立ち上がり、その場で跪《ひざまず》く。

「陛下、わざわざお時間を取っていただき、ありがとうございます」

「良い、良い。そう畏《かしこ》まらないでくれ。ネル君は私の数少ない気を許せる友人だ。公の場ならばともかく、こういう私的な場では普通にしてくれて構わん」

「フフ、ありがとうございます。失礼な物言いになるかもしれませんが、僕も陛下のことは、大事な友人だと思っていますよ」

ネルは、他人行儀な「私」という一人称は使わず、ニコリと笑ってそう言葉を返す。

「失礼なんて、とんでもない。それくらいで不敬だなどと言っていたら、私は独りぼっちになってしまうよ。――さ、君も掛けてくれ」

そうして二人ともソファに座り、顔を見合わせたところで、レイドは話を切り出す。

「それで、今日はどうしたのだ？」

「はい、僕の旦那《だんな》さんから連絡があったので、陛下にお話を通しておこうと思いまして」

「む、ユキ殿からか？」

彼がこちらに来る時は、何かしら大事になることが多い。

いや、勿論《もちろん》彼のせいではないし、いつも問題を解決してもらって感謝の念しかないのだが、故に何かあったのだろうかと内心で少々身構えたところで、勇者の少女は話し始める。

「はい、どうも魔界王陛下と何かしらの取引をしたらしく、例の人間至上主義者の対策部隊の、魔族代表として協力することになったそうです。なので、明後日《あさって》この国に来ると連絡がありました」

「おぉ、それは助かるな。彼の力は本当に頼りになる」

――そうか、彼の耳にもその話が入ったか。

仕事を頼んだ関係上、目の前にいる少女から魔界へと旅行へ行く話は聞いていたが、恐らくその時に彼もまた魔界王と会ったのだろう。

あの青年が、戦闘能力は勿論、調査能力においても秀でたものを持っているのはよく知っている。

特に、目の前の少女が絡むこととなると、目の色を変えて全力を尽くすのだ。

この国を脅かすものは、すなわち勇者の少女を脅かすことに繋《つな》がるため、何かあればこうして力になってくれるのである。

――ジェイマの判断は、正しかったという訳か。

以前、国を割る騒ぎを起こした、元軍務大臣ジェイマ。

あれだけのことを起こしておきながら、未《いま》だ優雅に余生を送っているあの老人は、彼の性質を完《かん》璧《ぺき》に見抜いていたようだ。

認めたくはないが、流石長く国を守っていただけあると言わざるを得ない。

「それでは、歓待と情報共有の準備をしておかねばならんな。その役目、ネル君に任せてもいいだろうか？」

「はい、お任せください！　カロッタさんからも、こちらの仕事に集中するように言われていますから」

　自身の旦那と会えるとあって嬉しいらしく、ニコニコと花のような笑みを浮かべてそう答える勇者の少女。

　仲が良いことは知っているが……本当に仲良くやっているようだ。

　その幸せそうな表情を見て、微笑《ほほえ》ましい思いをしながらレイドは、別の話を切り出す。

「そうだ、ネル君。いい機会だから、私の方からも話がある。実は、カロッタ殿と話し合って決めたことがあるのだ」

「？　はい、何でしょう」

「君の、勇者の仕事のことだ。今後のことについて、相談がしたい」

「！　僕の、ですか」

　緊張した面持ちになる彼女に、レイドは言葉を続ける。

「我々の一番の敵であった魔族は、もう敵ではない。他の種族も同様だ。力を持っているエルフ、ドワーフ、獣人族との交流は着々と進んでいる。今はまだ混乱もあるが……十年だ。十年掛けてこの協力関係を不変で普遍のものにすると王達と話し合って決めた。そこまで行けば、軍は多少なりとも縮小することが出来るだろう」

「ま、魔物の対処は……」

「うむ、それだけは変わらず続けねばならんな。ただ、軍事に関する強固な協定を結ぶことが出来れば、たとえ強大な魔物が現れようと相互に助け合うことが出来るのだ」

それは、夢の形。今まで訪れたことのない、新たな時代の始まり。

「無論、まだまだ夢物語だ。種族が違うということの問題は大きく、法に関しても新たに整備せねばならん。だが――我々は今、その一歩を踏み出すことが出来ている」

強い光を瞳《ひとみ》に湛《たた》え、こちらを見る少女。

思うのは、未来だろうか。

「それでな、君も乗船したと聞いたが、飛行船があるだろう？」

「はい、とても良い乗り物でした」

「うむ、今後我が国でも大々的に輸入し、国内で運用していこうと考えている。そうすれば、君が王都へと来るのも以前より楽になるだろうし、魔境の森のダンジョンへと向かう時間も多く確保出来るようになると思うのだ」

あの発明は画期的だった。

今までは馬車で数日掛かった移動が、これからは一日、もしくは半日で済むのである。

今後、世界の距離は確実に縮まり、それは他種族間における交流の一助となるだろう。

魔王ユキの住む魔境の森は、辺境の街アルフィーロの向こう側に広がっている。

この少女も、いつもそこから王都へとやって来ているようなので、早い内に航路を確立することが出来れば、今以上に楽に行き来することが可能となるだろう。

「加えて、この人間至上主義者の件が片付いたら、ネル君の仕事を減らし、対魔物に限ったものへとシフトさせていこうと考えている。今日のように、彼とのパイプ役を担ってほしい面もあるのでな」

そうなれば、この少女の負担も減り、家へと帰ることの出来る時間も増えるはずだ。

この国の力だけではどうしようもなくなった際に、魔王ユキへと助けを求めることも出来るだろう。

「完全に勇者の職を解任することは、申し訳ないがまだ先になってしまうが……だから、一旦《いったん》そこまでは頑張ってほしい。どうかな?」

「……わかりました。お心遣い、本当にありがとうございます。僕が勇者としてこの国に出来ること、これからも精一杯やらせていただきます」

そう言って彼女は、深々と頭を下げた。

第一章　死者は沈黙し、されど生者は死者の声を聞く

暗闇《くらやみ》。

静寂。

何もない、先もよく見えない通路。感じるのは、軽い頭痛のみ。

「…………あ？」

――俺は、ただ一人で、見知らぬ場所に突っ立っていた。

少し呆《ほう》けてから、辺りを見渡す。

ここは……地下か？

前と後ろに道があり、壁は岩で、一定間隔で設置された木組みがそれを支えている。

肌を刺す程ではないが、全体的にひんやりとしており、そして薄暗い。

点々と置かれた松明《たいまつ》しか明かりがないため、足元すら覚束《おぼつか》ないくらいだ。

聞こえる音は、俺の息遣いと、松明の火の音のみ。それ以外は、完全なる静寂の空間だ。

――何で俺は、こんなところに立っているんだ。

俺は、一人だった。他に誰《だれ》もおらず、生物の気配は一切感じられない。

記憶がない。何故《なぜ》ここにいるのかがわからない。

何か、訳のわからない事態が起きている。

異常事態に、こちらの世界に来て磨かれた本能が、ガンガンと警鐘を鳴らしている。

ホラー染みた現状に、ゾク、と背筋に冷たいものが走る。

——落ち着け。

考えろ。思考停止するな。

まずは、状況確認だ。

頭痛のする頭に手を当てながら、思考する。

とりあえず、敵の気配は感じない。近くには、本当に俺しかいないようだ。

アイテムボックスを開き……中にエンはいない。

仕方がないので、代わりに、以前幽霊船ダンジョンを攻略する際に使った武器、戦棍《せんこん》『轟滅《ごうめつ》』を取り出す。

エンが手元にない時に、よく使っている武器だ。

同時に、イービルアイを二匹取り出して前後の道に放ち、先を偵察させる。

これで、待っていれば『マップ』が埋まるだろう。

——記憶はない。が、どこまでの記憶ならある？

整理しろ。確か、俺は……そう、『人間至上主義者』対策に協力するため、アーリシア王国に向かうことにしたのだ。

◇　◇　◇

「んじゃ、行ってくるなー。帰りがいつになるのかはわからんが、二週間経《た》ったら一度こっちに戻ってくるよ。何かあったら、いつもの『通信玉・改』で連絡してくれ」

「うむ、わかった。しかと仕事をして、ネルの助けをしてくるが良い。リルも連れて行くという話じゃから、ここの守りは任せよ」

「助かる、頼むよ。ただ、無理はしないでくれていいからな。――お前らも、いっぱい遊んで、いっぱい食べて、いっぱい寝て、良い子にしてるんだぞ?」

「「はーい!」」

「……はーい」

元気良く返事をする幼女組の頭をそれぞれ撫《な》でてやり、リューとレイラにも一声掛けた後、俺は真・玉座の間を後にして魔境の森へと出る。

待っていたのは、リルとペット達。

「お前ら、俺らがいない間のダンジョンの守りは、いつも通りに任せたぜ。何かあったらレフィに頼れ。――リル、行くぞ」

こちらに頭を下げるペット達に見送られ、俺とリルはアーリシア王国へ向けて出発する。

いつものように、辺境の街アルフィーロまでは繋げた扉で向かい、その後はリルに乗って草原を駆け抜ける。

　街道は避けている。

　いくら他種族との交流が活発になっていると言っても、流石《さすが》にリルで爆走している姿を見られては、あんまり良くないと思われる――というか、単純に驚かせてしまう可能性が大なので、選んでいるのは道なき道だ。

　と言っても、いつも魔境の森の中で暮らしているリルにとって、これくらいの悪路は悪路でも何でもないので、我がペットの走りに影響はほぼないのだが。

　リルの最高速度も、レベルの上昇に伴いスポーツカーばりのものになっているので、馬車で数日の距離も一日で踏破することが可能だ。

　まあ、その速度で走り続けると、リルも、そして上に乗る俺の疲労も結構なものになるので、今は最高速の三分の二程に落として走ってもらっている。

　俺が一人で空を飛んでいる時もそうなのだが、一定以上の速さになると、風が凶器なんだよな……まともに目を開けられないし、飛んでる虫で怪我《けが》するし。

　だから、常に風除《よ》け用に風魔法を張っているくらいだ。

　――現在、俺のレベルは『212』。リルは『205』だ。

　実は、以前はリルの方がレベルが高かったのだが、例の冥王屍龍《しりゅう》を討伐した際に俺の方がちょっと上回った。

　リルとのレベル差は、いっつもこんな感じだ。追いつ追われつ、みたいな感じで、大体同じくらいのレベルになっている。

きっと今後も、それは変わらないのだろう。是非とも二人で、レフィの高みにまで登り詰めたいものだ。

アイツの話だと、レベル『500』を超えた辺りから、一つレベルを上げるのに数百の魔物を狩る必要があるということだったので、えっと、あと何体を……うん、わからんが、まあ頑張ろう。

「今更だけどよ、西エリアの魔物、強さがインフレしてるぜ。フェンリルであるお前ですら敵《かな》わないってのは、もう設定を見直した方がいいな」

「クゥ？」

「えっと、インフレってのは、高過ぎるってことだ。他の地域と比べて、あそこの魔物どもの強さはちょっとおかしい――嘘《うそ》、大分おかしい。『はぐれ』こそ俺達でも狩れるけどよ」

はぐれ、というのは、西エリアの外縁部に住む魔物達のことだ。

南エリアや、東エリアの魔物よりは強いものの、しかし西エリア内に住むには実力が足りず、境界線付近を彷徨《さまよ》っている魔物のことをそう呼んでいるのである。

「クゥ……」

「いや、お前は頑張ってくれているから、気にすんな。まあ、それでも俺達の実力が足りないのは事実だがな。本当は俺、もうダンジョンに引き籠《こも》って、毎日ウチのヤツらとふざけながら暮らしたいんだけどなぁ……」

「クゥガウ」

「そうだな、平和な暮らしのためには、外敵を一蹴《いっしゅう》出来るだけの実力がないとな。――と、そうだ、ずっと聞こうと思ってたんだが、お前に番《つがい》はいたりすんのか？」

「……クゥ」

「え、マジで？　……そうか、そりゃあ、いいことだな。何か困ったことがあれば、遠慮なく言えよ？　お前のためなら、何でも力になるぞ」

そうして、我がペットと雑談しながら先へ進んでいき、やがて夕方を回った頃《ころ》、俺達の前方に王都アルシルの城門が姿を現す。

ここまで来ると、姿を隠すことも出来ないので、街道を行き来する人間達が畏怖《いふ》の視線をこちらに送ってきているのがわかる。

門を守る衛兵達も、奥からワラワラと現れ、緊張を感じさせる面持ちで警戒している。

人間は強さに鈍感だが、リルは見るからに強そうだしな。

別にケンカを売りに来た訳ではないので、威圧しないようゆっくりと進んで門へ近付いていくと、衛兵の中でのお偉いさんらしい人間が一歩前に踏み出し、大量の冷や汗を掻《か》きながら問い掛けてくる。

「失礼。他種族の方とお見受けするが、何用であろうか」

「まお――いや、魔族のユキだ。アーリシア国王に協力するために来た。確認を取ってもらえると助かる」

今回は魔族の助っ人として来たので、魔王と言い掛けたところを言い直してそう言う。

「……わかった、しばし――」

「――おにーさん！」

その時、衛兵の声を遮ったのは、聞き覚えのある声。

――我が嫁さん、ネルである。

「ネル！　何だ、迎えに来てくれたのか？」

「フフ、おにーさん一人じゃあ、中に入るのも大変だろうからね。――衛兵さん、この人は大丈夫です。後は僕が対応するので、任せてください」

「ハ、ハッ！　畏《かしこ》まりました、勇者様」

衛兵達は敬礼し、こちらを気にした様子ながらも、大人しく俺とリルを通す。

うむ、やっぱりこの王都だと、ウチの嫁さんは一角《ひとかど》の権力者であるようだな。

流石、勇者様である。

俺はネルの手を取ると、そのままヒョイと引っ張ってリルに乗せてやり、王城へと向かって進み始める。

「ありがと、おにーさん。――エンちゃんは連れて来てないんだ？」

「あぁ、とりあえずな。リルもいるから、大概のことは何とかなるだろうしよ。前回の冥王屍龍レベルのヤツが出て来られたら難しいかもしれんが、あんなのがそう簡単に出て来られても困るし」

「あはは、そうだね。……ま、確かに今回武力はあんまりいらないかも。今回の敵は、搦《から》め手《て》が得意な相手だから、見た目からして立派なリル君の方が効果的かもね」

む、そうか、魔界王はそういう意図も込めて、俺にコイツを連れて行った方がいいって言ったのかもな。

「はー、それにしても……リル君の毛並み、いつ触っても最高だねぇ」

「クゥ」

ワシャワシャとリルの身体《からだ》を撫でるネルに、我がペットは「恐縮です」と言いたげな返事をする。

リルのモフモフを堪能しているネルに、俺は笑みを浮かべながら問い掛ける。

「んで、こっちの様子はどうなんだ？　他種族との交流は上手《うま》くいってるのか？」

「うん、概《おおむ》ねは良い感じだよ。期待六割、不安四割って感じで、みんなが新しい時代に興味を向けてる。……だから、それをマイナス方向に持って行くような思想は、浸透されちゃうと大分困るんだよね」

「……人間至上主義者か。ソイツら、どれくらい活動してるんだ？」

「活動自体は大したことないよ。裏に潜んで、そっと、その思想を人々に囁《ささや》くだけ。後は、不安が勝手に増殖していくの」

いつもの『ネル』の顔ではなく、勇者としての真面目《まじめ》な顔で、そう言う我が嫁さん。

こういう時のコイツは、本当にカッコいい表情をしている。

「任せろ。魔王の秘密道具で、瞬く間にバカどもを白日の下に晒《さら》してやろう！」

「フフ、うん、期待してるよ」

こちらを振り返ってクスクスと笑った後、彼女は言葉を続ける。

「そうそう、僕の方も聞きたかったんだけど、レイラとは何か進展あった？」

「ん、あ、あー……ちょっとだけな。二人だけで散歩したりとかはしたぞ」

「そっか、なら良かった。あの子、僕達よりもしっかりしているけれど、でも人付き合いに関して言うと、僕達よりも奥手な面があるから、ちゃんとおにーさんの方からリードしてあげないとダメだからね？」

「お、おう、頑張るよ。……レイラって美人な上に大人びてるから、お前らの時とは違って、二人きりでいると正直ちょっと緊張すんだよなぁ」

一緒に料理作ってる時とかは、そうでもないんだがな。

そういう空気で二人でいると、若干緊張してしまうのだ。

レイラ、大人の女性って感じだからな……。

「あ、ひどーい、僕達と一緒にいる時は何にも感じないの？」

わかりやすく、ふざけて唇を尖《とが》らせてみせるネルに、俺もまた冗談めかして肩を竦《すく》める。

「お前らといる時は、感じるのは安心感さ」

「フフ、そう。じゃあ、そういうことにしておいてあげる」

そう言って彼女は、後ろに座る俺の手にキュッと指を絡めた。

思い出してきた。

人間が相手ならそこまで強い力は要らないだろうと、エンは連れて来ず、リルに乗ってアーリシア王国へと向かったのだ。

その後、王都『アルシル』にてネルと会い、王城にて国王に挨拶《あいさつ》した。

彼の娘、イリルとも久しぶりに会い、仕事の話をした後に国王、イリル、ネル、俺で夕食を共にし、それから……それからの記憶がない。

そこで、プツリと糸が切れている。

つまり、その後に何かが起こったのだ。

可能性として考えられるのは……何らかの精神干渉系魔法を食らったたか？

俺は体内魔力が非常に多いが故に他者からの干渉を受けにくいので、その系統の魔法はかなりの部分で弾《はじ》けるはずだが、実際に記憶が途切れている以上、それすらも突破されて何らかの魔法を受けてしまった可能性はあるだろう。

となると、敵は相当強い魔法能力を有していることになる。

何でこんなところに放置されてたのかは、謎だが……。

「チッ……良くない状況だな」

重く警戒すべき事態だ。情報が少な過ぎるせいで、どうすべきかの判断が難しい。

……いや。そうでもないか。

俺が大事なのは、身内。故に、まず第一に目指すのは、ネルとリルに合流すること。

その安否さえ確認することが出来れば、他の全《すべ》ては些末《さまつ》事だ。

それに、いざとなれば『ダンジョン帰還装置』がある。

そう、帰ろうと思えばすぐにでも帰れるのだ。近くにネルとリルがいる可能性もあるので、付近の探索はまだするが、逃げる気になれば逃げられる以上、危険度はグッと下がる。

「フゥ……」

やることがハッキリし、少し落ち着いてくる。

そうして、思考を続けながらその場に留《とど》まってイービルアイの情報を待っていると、片方が行き止まりに辿《たど》り着《つ》いたらしく、そこでマップが止まる。

そちらの道は、途中で一つ小部屋があり、その先に一本道があって、一番奥が行き止まりになっているようだ。

少し考えてから、俺はその行き止まりに向かって歩き出す。

夜目の利く魔王の身体でなければ、歩くのさえままならないであろう暗い道を五分程進んでいくと、マップが示していた途中の小部屋に辿り着く。

そこは、簡素な家具だけが置かれた、休憩所のような場所だったが……内部は相当に荒れていた。

散乱し、壊された家具。無傷なのは、天井から吊《つ》るされている大きめのランタンくらいだ。

至るところに血痕《けっこん》が飛び散り――そして、無残に転がっている、グチャグチャの死体が四つ。

人間だ。身体付きからして、軍人だろうか。全員鍛えられた肉体をしている。

これをやったのは――多分、俺、か。

戦闘中のものだろう、地面を砕いて残された足形があり、自身の足を当ててみるとそれがピタリと一致した。

というか、多少明るい場所に来たことで気付いたのだが、俺の両手が血塗《ちまみ》れになっていた。

すでに乾いていて、滑《ぬめ》りもなかったからわからなかったようだ。

戦闘の痕《あと》から察するに、俺はコイツらを素手で、それも獣のように戦って殺したようだ。

「……いったい、何があったんだ、俺よ」

この人間達が、一般人とかじゃなく、明確な俺の敵であったことを祈るばかりだな。

充満している死臭に吐き気が込み上げてくるが、少しでも情報を得るため、我慢して死体を探る。

特に身元を示すようなものは持っていなかったが、やはり戦いを生業《なりわい》とする者ではあるようだ。

剣ダコが手のひらにあり、それぞれのものだと思われる武器も、相当使いこまれているのがわかる。

年齢は……四十過ぎ辺り。

それなりの年齢をした戦闘を生業とする者、というと、退役軍人とかそんな感じだろうか。

しばし部屋を漁《あさ》ってみたが、それ以上は特に得られる情報がなかったので探るのをやめ、次に小部屋から奥へと延びる道を進んでいく。

と言っても、そんなに長くはなく、一分程で突き当りに辿り着き――これは、牢屋《ろうや》、か。

幾つも置かれ、連なっている、分厚い鉄の檻《おり》。

その内の一つが、鉄格子部分が内側からグニャリと捻《ね》じ曲げられて開けられており、何かが外へと飛び出したのだろうことがわかる。

……もしかしなくても、ここに囚《とら》われていたのは、俺だろう。

中を確認してみたが、恐らく俺がここにいたのは短時間だ。

置かれていたベッドやトイレを使用した形跡がなく、また床に埃《ほこり》が溜《た》まっているのだが、そこに残っている足跡が極端に少ないからだ。

――とりあえず、ここで何が起きたかはわかった。

何かしらの理由で牢《ろう》に囚われた俺は、そこから脱出。

途中にあったあの小部屋で戦闘となり、敵を殲滅《せんめつ》。

そして、先への一本道を進んでいた途中で、目が覚めた、と。

見るものは見たので、思考を続けながら、来た道を戻っていく。

俺は、何らかの精神干渉魔法等を食らい、敵に捕らわれた。

俺の敵……今思い付くのは、やはり『人間至上主義者』だ。

だが、その目的は何だ？

「……魔族を暴れさせ、友好ムードをぶち壊しにする、ってとこか？」

パッと思い付くのは、その辺りだが……いや、意外と、正しいかもしれない。

今は、様々な場所で改革が進められており、つまり不安定な状況であると言える。

そこで俺が、操られて大虐殺なんぞを行えば、一体どうなるか？

当然、大反発だ。他種族はやはり信用ならないと、排他的な運動が勃発《ぼっぱつ》する可能性は高い。

人間至上主義者は、万々歳だ。

——俺は、かなり危ない状況だったのかもしれない。

したくもない大虐殺を無理やりさせられ、そして苦労して終わらせた戦争が再度発生していた可能性すらある。

意識を取り戻すことが出来たのは……やはり俺が、他者に干渉するタイプの魔法に強いから、だろうか。

魔法ではなく、毒とかで意識を奪われていたのだとしても、多分勝手に身体《からだ》が解毒したのだろう。

俺の魔王の肉体は、それくらいを跳ね返せる程には、強靭《きょうじん》なものなのだ。

道中にあった、意識のない俺が殺したらしい人間達は、本能の部分から敵と判断していたから、だろうか。

記憶がない以上、何が起きたかを正確に理解することは出来ないが、大筋はそう間違っていないと思われる。

……どちらにしろ確かなのは、俺は敵の攻撃により意識を奪われており、ロクでもない企《たくら》みに巻き込まれた、ということだ。

——舐《な》めやがって。

他種族同士の争いで、多数の死者はいる。長年の対立による怨恨《えんこん》が残っているのもわかる。

今まで散々殺し合いをしていたのだ、突然「今日から味方だから」と言われたところで、不満も、受け入れられない部分も数多《あまた》あることだろう。

だが、それでもこのやり方は、許されない。

許してはならない。

まず、ネルの安全。次にリル。

そこが確認出来たのならば……お前ら、覚悟しておけよ。

◇　◇　◇

——その一報を聞き、ネルは、サアッと思考が真っ白になった。

「リル殿のおかげで我々は逃げることが出来ましたが……ユキ殿は、そのまま敵地に」

魔界王の部下である、魔族達の部隊長の言葉が脳に染み渡り、手足の感覚が指先から無くなっていく。

ガツンと殴られたかのように、クラクラする。

血の気が引いていく。

——彼女にもたらされたのは、三日前に一度別れた旦那《だんな》が、敵の手に落ちたと思われる、という報告だった。

旦那と、そして彼の仲間として共に行動していた魔族部隊の者達は、三日前に『人間至上主義者』が多くいると思われる地域へ出発した。

本来ならば自身もそれに参加することになっていたのだが、緊急の用事が入ってしまったため、遅れて合流するという話になっていたのだ。

事が起こったのは、二日目の夜。

こちらが紹介していた宿の、その夕食に、毒が仕込まれていたのだそうだ。

身体の自由が全く利かなくなったところで、賊数人がその場に侵入。

唯一、まだ動けていた自身の旦那が迎撃に当たり、宿の外で待機していたリルに「リルッ、魔族達を逃がせッ‼」と命令し、彼らを逃がしたのだそうだ。

「……動けるリル君に、殲滅を命じなかったのは……」

「人間と魔族の関係が悪化することを、危ぶんだのだと思われます。ここで人間を殺してしまうと、『魔族が操る魔物に、人間が多数殺された』という風聞が、知れ渡りますから……」

その言葉を、ネルは否定出来ない。

人間なら、やる。確実に。

他種族よりも弱い人間は、時としてそういうものを武器にするのだ。

そうして彼らはリルに咥《くわ》えられて背に乗せられ、最後に自身の旦那が、何か首輪のようなものを付けられたところで、見えなくなったという。

「クゥ……」

珍しく非常に落ち込んだ様子で、「申し訳ありません……」と頭を下げるリルを、ネルはギュッと抱き締める。

旦那は、いつもこうだ。

彼は、口では「俺は自己中だから」とか「身内以外はどうでもいい」とか何とか言うくせに、こうして実際に危険が訪れると、たとえ関係の薄い相手であっても守ろうと動くのだ。

彼の好きな一面であるが、しかし同時に、心配になる一面でもあった。

「……………フゥ」

――落ち着くんだ、僕。

ここで焦ってはいけない。

まず、仕込まれた毒は致死性のあるものではなく、身体の動きを奪うためのものだった。こうして戻ってきた彼らによって、そのことはわかっている。

ならば敵は、魔族を殺すのが目的ではなく、捕らえて何かしらの作戦に使用するのが目的であったと思われる。

だから、恐らく自身の旦那は、まだ生きているだろう。

どこかしらに、囚われているのだと思われる。

ならば、助けに行かなければならないが――敵は用意周到であり、魔王である彼ですら無力化出来る程の手段を持っている。

情報網に関してもしっかりとしたものを持っていると考えるべきであり、となると勇者である自身が彼と深い関係にあることも知られていると見るべきで、こちらが救出に動くことは敵もすでに想定しているはずだ。

その想定を覆すには、応援を呼ぶべきだ。

幸い自身には、頼りになる家族がいるのだから。

「……わかりました。とにかく、皆さんが無事で何よりです。そして、謝罪を。皆さんを危険に晒《さら》してしまったのは、我々の落ち度です」

こちらが手配した宿で、そんなことになったのだ。

下手《へた》すれば国際問題であり、後程彼らの王に対しても正式に謝罪をしなければならない程の失態だろう。

「いえ、敵地であると理解していながら、油断していた我々自身のミスです。本当に、ただ我々自身が不甲斐《ふがい》なかったというだけの話。こちらこそ、勇者殿のお身内を危険に晒してしまい、申し訳ありません。――救出に動く際には、我らの力もお使いください」

「……助かります。動く際には、お力を貸していただくことになると思います。ですから、今はお休みください」

そうして彼らから状況の説明をしてもらった後、ネルは、常に身に着けている収納の魔法が掛けられたポーチを開く。

中から取り出したのは、以前ユキに渡された、『通信玉・改』。

すぐに魔力を込め、起動し――数十秒待ったところで、対となる通信玉・改から、声が送られてくる。

『レフィじゃ。そちらは、ユキか？　ネルか？』

「レフィ、僕だよ。お願い、助けて」

◇　◇　◇

一瞬、空間が歪《ゆが》んだ。

ミシリと、異空間であるダンジョン内の壁が鳴り、テーブルに置かれていたマグカップに亀裂が入る。

そんな、空間が震える程の圧力を放つのは、ネルからの通信を受けていた――レフィ。

彼女の様子に、リューは慌てて駆け寄り、心配そうにその肩へ手を置く。

「れ、レフィ？　どうしたっすか？　何かあったっすか？」

「お、おねえちゃん、大丈夫？　どこか痛いの？」

「むむ、それはよくないネ。シィが、いたいのいたいのーとんでけー！　ってしてあげる！」

「……ん。シィのとんでけー、は、よく効く」

同じように彼女に駆け寄る、居間にいた幼女達。

「……大丈夫じゃ。すまぬ、少し驚かしてしもうたな」

彼女らの様子に少し冷静さを取り戻したレフィは、グッと膨れ上がった怒りを抑え、心配ないと笑ってみせる。

この者達は、世界最強の種である龍族ですら恐れる、覇龍の怒りを感じ取っても、ただ「どうしたのだろう」と心配の顔で受け止めるのだ。

何と、ありがたいことか。

「何かすごい気配がしましたがー……どうかしましたかー？」

最後にキッチンの方からレイラが現れたところで、レフィは皆に伝える。

「すまぬ、心配させたな。どうやら、あの阿呆《あほう》がやらかしたらしくてのう。しょうがないから、儂《わし》が後片付けを手伝うてくる。——っと、エン。すまぬが、付いて来てくれぬか？　やはり、お主が武器として付いていてやらんと、あの阿呆は駄目みたいじゃ」

「……わかった。主《あるじ》、助ける」

「おにいちゃん、大変なの……？」

「ちと失敗したようじゃな。ま、安心せい、向こうにいるネルとリルとも協力して、助けてくるからの。リュー、レイラ、しばしこちらは任せたぞ。何かあったら連絡を」

二人は、彼女の様子から彼の身に良くないことが起こったのだと理解するが、深くは聞かなかった。

レフィが、助けてくると言った。ならば、それを信じるのだ。

「……はい、わかったっす！」

「こちらは、お任せをー」

そしてレフィとエンは、すぐに外出の準備を始める。

◇　◇　◇

狭く暗い通路を先へと進んでいる間に、イービルアイが出口に辿《たど》り着《つ》く。

外の様子を確認すると、ここは下水道に造られた隠し通路だったようだ。

先程から臭気は感じていたが、正体はこれか。

そして、見張りは――いるようだな。

二人だ。武器持ち。

途中で四人見張りがいて、さらに出入口にも二人用意しているとは、随分厳重なことで。

足音を消し、気取られない距離まで近付き、そこで俺は攻撃態勢に入る。

逃がす訳にはいかないため、速攻でケリを付ける必要がある。

ただ、情報が欲しいので殺しはナシ。

こういう時に便利なのは――魔法だ。

出現させたのは、俺の魔法の常套手段《じょうとうしゅだん》である、水龍を二体。

内部を高速水流にしていない、拘束用モデルである。

「行け」

音もなく中空を走っていき、数瞬の後、先からくぐもった声が聞こえてくる。

「――よう、マヌケな姿のテメェら。随分やってくれたじゃねぇか」

歩いて通路の出口を抜けると、そこにいたのは、水龍が変化した水の牢《ろう》に胴体を囚《とら》われ、首から上だけを出した男達。

俺が姿を現すと、驚愕《きようがく》の表情を浮かべ、忌々しさを隠せない様子でこちらを睨《にら》む。

「き、貴様、『首輪』で意思を奪っていたはず……！」

「……中の奴《やつ》らは、殺されたか」

首輪……？

言われてわかったが、いつの間にか俺の首には、チョーカーらしきものが付けられていた。

ブチッと両手で引きちぎり、『分析《アナライズ》』スキルで確認する。

隷属の首輪：対象の意思を奪い、操る。現在は効力を失っている。
品質：S。

なるほど、これが俺の意思を奪っていたものの正体か。

品質は、国宝級クラスのシロモノだ。これだけのものなら、魔王の肉体も縛れるかもな。

……あぁ、そうだ、少し思い出してきた。

確か俺は……『人間至上主義者』が本拠としていると思われている街に、協力者の魔族達と向かったのだ。

そして、えっと……晩飯に毒が盛られたんだったか？

まだ記憶が曖昧《あいまい》だ。

ただ、恐らくその後にこのチョーカーを嵌《は》められ、捕らえられたようだ。

ったく、こんなもの、よく用意出来たな。

多分向こうの切り札ではあったのだろうが、そんなポンポン簡単に、国宝級のアイテムがそこから出て来られても困るんだが。

「おう、危なかったぜ。何をされるところだったのか、想像すると恐ろしくて震えそうだ。だから、俺が怯《おび》えてお前らを溺死《できし》させる前に、答えてくれるとありがたいな」

「……化け物が」

「フン、全く、嫌になるな。こういうところで種族差を感じる」

二人の男は、口々に悪態を吐《つ》く。

その言葉に、緊張を感じられない。

これから俺が尋問するぞと脅しているのに、余裕が崩れていない。

何か、まだ手があるのか？　単純に、訓練されているだけか？

「先に言っておくが、無駄な抵抗はやめろ。お前らが何をしようが、今の俺を殺すのはもう無理だ。危ない目に遭って、警戒してるんでな。嘘《うそ》だと思うなら抵抗してもいいし、一《いち》か八《ばち》かの賭《か》けに出てくれてもいい。その時はお前らを殺す。情報源だから殺されないと思っているんだったら、その勘違いのまま攻撃してこい。何でもいいぞ」

魔力をさらに込め、水牢内部の水圧を高める。

全身を万力で絞められているが如《ごと》き圧力を食らっているであろう男達は、苦悶《くもん》に顔を歪め、だが同時に、ニヤニヤと笑みを浮かべる。

「グッ……ハハハ！　自信満々なセリフだな、魔族！　だが、お前は俺達をわかっていない」

「俺達人間は、貴様らと違って弱い。だからこそ、俺達は弱者の戦い方をするんだ。果たして強者の貴様が、それに対抗出来るか見ものだな」

「……なかなか吹くじゃねぇか」

笑う二人に対し、俺は警戒を強め――次の瞬間、男達は同時にフッ、と何かを吹き出す。

どうやら、口の中に暗器か何かを隠していたらしい。

俺の身体《からだ》は瞬時に反応し、後ろに跳んで下がり、だがその回避が悪手であったことにすぐに気が付く。

俺を中心に、その左右で水牢に男達を捕らえていた。

つまり、一直線に並んでいたのだ。

「ガッ……！」

「ギッ……！」

俺が避《よ》けたことで、その攻撃は、男達それぞれが食らう。

額に針のようなものが突き刺さり、白目を剥《む》いてビクビクと痙攣《けいれん》し始めたソイツらに、上級ポーションを取り出して慌てて駆け寄るが、間に合わない。

「……クソッ！　即死か」

数秒で痙攣は終わり、二度と動かなくなった。

HPを見ても、全損していることがわかる。即効性の毒が針に塗られていたようだ。

魔法を解くと同時、水と共にドシャリとその亡骸《なきがら》が地面に転がる。

やられた。男達の攻撃目標は俺ではなく、初めから自分達自身だったのだ。

これは、想定していなかった。俺自身が攻撃されたと、自然と回避に動いてしまった。

「……本当に、思っていた以上に厄介だな」

思わず唸《うな》るようにそう言葉を溢《こぼ》す。

——仲間である互いを、殺すだけの覚悟。

それは、生半可なものではない。

ただ、他種族が嫌いだから。気に食わないから。

そんな陳腐な不満で、『人間至上主義者』は動いていないようだ。

そこに、思い当たるものがある。

「復讐か」

自身の死すらを天秤《てんびん》にかけるのならば、反対側にはやはり、誰かの死が存在するのだ。

コイツらは……身内か、それに準ずる親しい誰かが死んでいるのだろう。

戦争か、それとも別の何かか。

今までの他種族同士による争いで、犠牲になった者達が、コイツらには存在するのだと思われる。

故に、止まれないのだろう。

決して忘れることが出来ず、自らもまた決して離さず、死者の鎖で雁字搦《がんじがら》めにされているのだ。

死者は何も言わずとも、その死者の声をコイツらは聞いているのだ。

――これは、あの戦争の延長線上に存在する事柄だ。

これを解決せねば先はなく、理想の実現は遠ざかる。

だが……いったい、どうやって解決する？

コイツらをただ殺すだけでは、怨嗟《えんさ》は止まらず拡大するのみ――。

「……いや、俺が考えることじゃないか」

とりあえず言えることは、コイツらは、国王の協力者である俺達を襲った。

ならば、この国の法においても犯罪者であり、司法の手によって裁けばいい。

というか、そもそもそこを悩むのは俺の役目じゃない。

この国の王や、魔界王なんぞが悩むことだ。

特に頭が良い訳じゃない俺がどうこうするよりも、ヤツらに任せきってしまった方がよほど上手《うま》くいくだろう。

彼らは、大丈夫だと判断したから、交流に踏み切った。

ならば、任せるのみだ。

それに、元々俺は、イルーナ達が外に出て勉強することを考え、こっちの状況をなるべく良くしようと思い行動した。

それが失敗したのならば、ウチの子らには悪いが、事態が改善するまで我が家で過ごしてもらうだけである。

命には、代えられないのだから。

……まあ、魔界の奥地にあるレイラの里の方にはツテが出来たから、羊角の一族の下で学ばせるのは良いな。

ダンジョンからは相当離れているので、その場合は寮暮らしとかをさせることになるかもしれないが、あの里は相当良いところだったから、彼女達にとって非常に優れた学習環境となるだろう。

当然心配はすげーあるが、家から出したくないのならば、ガラスケースにでも入れておけばいいのだ。

何か危険があれば、ダンジョン帰還装置ですぐに帰って来られるだろうしな。

「……迷うな。俺のやることは、決まってる」

障害となるならば、コイツらには、あの世で死者と仲良くやってもらう。

◇　◇　◇

エンを肩に担いだレフィが王都『アルシル』に辿り着いたのは、連絡を貰《もら》ってからわずか一時間後のことだった。

覇龍の本気の飛行が可能とした時間である。

すでに深夜帯になっていたが、王城から明かりが消えることはなく、発生した事件の対処のため全員が動いていた中、城の敷地内に彼女が降り立つ。

「な、何者だ！」

「少女？　いや、だが……」

突如として現れたせいで、警備中の衛兵達が一気に殺気立つが、それら全《すべ》てを無視してレフィはスタスタと王城内へ向かい――と、待っていたネルが喧騒《けんそう》に気付き、リルを連れてすぐに彼女の下へ駆け付ける。

普段はしっかりと気配りの出来るネルもまた、衛兵達にレフィのことを伝えるのを忘れており、そして今も全く視界に入っていなかった。

「レフィ！　ありがとう、来てくれて。僕だけじゃ、救出が失敗しそうな感じがあって……」

「気にするな、非常事態じゃからの。――状況を」

酷《ひど》く真面目《まじめ》な顔で、ネルは彼女に状況を伝える。

「おにーさんが囚《とら》われたのは、昨日《きのう》の夜だよ。消息を絶った場所は、ここより東に馬車で五時間――レフィとリル君なら、多分一時間くらいで到達出来るくらいの街。情報からして、殺されている可能性は低そうだけど、でも行動の自由を奪われている可能性は高いと思う。魔王のおにーさんをどうやって縛っているのかはわからないけれど……」

「……彼奴《あやつ》はヒト種として見れば強い方じゃが、それでも無敵という訳ではないからの。油断しておれば、そういうこともあろう。全く、彼奴は相変わらず詰めが甘いというか、一つ抜けておるというか」

『……だから、お姉ちゃん達が、主の背中を支えてあげるんだよね』

二人に、そう念話を送るエン。

「……そうじゃ。彼奴は完璧《かんぺき》とは程遠い。故に、儂《わし》らが助けねばならん」

「……うん、そうだね」

エンの言葉を聞き、レフィとネルの中に強い覚悟が固まっていく。

「ネル、儂はすぐに動く。深夜じゃが、お主の方は平気か？」

「これでも軍人みたいなものだから、二日くらいの徹夜なら問題ないよ。ただ、それ以上となると、僕のパフォーマンスが単純に低下するから、ちょっと厳しくなるかな。勿論《もちろん》、そうなっても付いてくけど」

「安心せい、そこまで長引かせるつもりはない。朝になるまでには終わらせるつもりじゃ。エンは、もう夜遅いが、平気か？」

『……ん！　大丈夫。頑張る。女は、度胸』

「カカ、あぁ、その通りじゃ。奴が不甲斐《ふがい》ない時は、儂らが度胸を見せ、女の力を発揮する時じゃ。リル、お主もじゃぞ。その表情じゃと、ユキを守れんで悔やんでおるのじゃろう？　自らに感じる不甲斐なさ、ここで覆してみせい」

「クゥ」

リルもまた静かに、だが強い意志の感じられる瞳《ひとみ》で頷《うなず》く。

皆の様子に、レフィは不敵に笑う。

「よし、お主ら。儂らに喧嘩《けんか》を売った愚か者どもに、身の程を思い知らせてやろう」

約百年ぶりに、覇龍という災厄が歴史に刻まれる。

◇　◇　◇

早朝まで、残りもう少しという時間帯。

「あの街か？」

「そのはず。ですよね、ヴェーダさん」

「はい、我々が襲われ、ユキ殿が捕らわれた街です。我々が取った宿は、レフィ様は見えると思われますが、あの尖塔《せんとう》を二つ持った造りの良い建物です」

ネルの次にそう答えるのは、魔族部隊の隊長ヴェーダ。

まだ毒が完全には抜けていない中、任せるばかりでは不甲斐ないと、彼だけは意地で二人に同行していた。

「レフィ、おにーさんの気配は？」

レフィは、覚えた気配ならば、たとえ数キロ離れていようが、本人が気配を隠していようが、関係なく感じ取ることが出来る。

それを知っているネルが問い掛けるが――しかし、レフィは険しい表情で首を横に振る。

「……街の中に、彼奴の気配は感じられん」

つまり、すでにここからは連れ去られたか。

もしくは、すでに死んでいるか、である。

「……フゥ」

沸騰しそうな頭を、一度深呼吸することで冷静にさせ、それから周囲を観察する。

——街の外に、人はおらんな。

ならば、多少派手にやっても問題はないだろう。

「お主ら、そこで待っておれ」

「えっ、僕も一緒に——」

「お主はこの国に立場があるじゃろう？　ならば、ここは儂に任せよ。安心せい、悪役のやり方は、家で慣れておるからの」

お互いギリギリなのは理解していたが、それでもニヤリと笑ってみせるレフィの心意気に、ネルは内心で感謝しながら頷く。

「ん……わかった。頼んだよ」

「……な、なるべく穏便にお願いしたく」

襲われた側であったが、何だか人間達が不憫《ふびん》に思え、思わずそう口走っていた魔族の部隊長だった。

——その日、『アレイラ』という街の一日は、悲鳴と怒号と共に始まった。

最初に気が付いたのは、早番の衛兵達。

欠伸《あくび》を噛《か》み殺しながら、夜番の兵士と交代して持ち場につき——そして、次の瞬間。

ゴォッ、と、街の周囲が一斉に燃え上がる。

周辺の草原全てが燃え上がり、その火が天高く立ち上る。

何かの爆《は》ぜる音。

空気を取り込み、唸る火の音。

まるで真昼間のように一帯が明るくなったことで、異変を感じ取った人々が次々に寝床から飛び起きる。

そして、地獄を思わせる大火に呆然《ぼうぜん》と固まった後、街への被害を食い止めるため、すぐさま対処に動き出す。

「な、何が……」

「いいからさっさと動け‼　街が焼けるぞ‼」

「い、いや……見ろ、何故かあそこを境に、火が動いていない！」

「何を言って——ど、どうなってるんだ⁉　魔法なのか、これは⁉」

不思議なことにその火は、街を囲うだけでそれ以上侵入して来なかった。

周囲数キロが燃え上がり、延々と炎と煙が立ち上れど、街への延焼は一切なかったのだ。

まるで意思を持つかのように制御された大火に、目敏《めざと》い者達が疑問を抱き——その声が、聞こえてくる。

「儂は今、余裕がない」

それぞれの脳味噌《のうみそ》に直接話し掛けられているかのように、喧騒に全く掻き消《かけ》されず、その声は街に住む全ての者に浸透していく。

「答えよ。この街でいなくなった儂の旦那《だんな》は、どこにおる？」

一方的な質問に、大半の者は何のことだと隣の者と話し合い、だが心当たりのある者は、ピクリと身体《からだ》を反応させる。

「魔族の男じゃ。心当たりがあれば、これだけでわかるじゃろう？　答えよ、余裕のない儂が、この街を丸ごと灰に変える前に」

やがて、街の者は気付く。

――街の上空に浮かぶ、翼を羽ばたかせる少女。

火に照らされ、浮かび上がる、絶世の美少女。

一人が見上げ、二人が見上げ、そして全員が見上げ、その存在に気付く。

だが、少女に対する攻撃はなかった。

この異変の元凶であることは一目瞭然《いちもくりょうぜん》だったが、神々しさすら感じさせる、その美しい姿に畏《い》怖《ふ》し、自分達は裁かれる側なのだと自然と頭が理解し、ただただ固まっていたのだ。

「答えはないのか？　見える範囲で、幾人か反応しておった者がおるはずじゃが、それは儂の勘違いじゃったか？　ならば仕方あるまい。自らの選択を悔やめ、人間ども――」

「ま、待て！」

その時、中央広場に一人の男が駆け寄り、上空の少女へと声を張り上げる。

少女は――レフィはそちらをチラリと一瞥《いちべつ》すると、ゆっくりと近くに舞い降りる。

声を上げたのは、この街『アレイラ』の領主だった。

「ま、まずは落ち着いていただきたい。何やらお怒りのようだが――」

「そこからの言葉は選んで話せ。迂遠《うえん》なやり取りは結構じゃ。お主の言葉が、この街の未来を決めることになる」

覇龍による威圧。

視線に込められた、明確な意思。

「っ……わ、わかった。お、王都だ！　王都アルシルに連れて行った」

狼狽《ろうばい》し、そしてそう答える領主に、近くにいた別の男が声を荒らげる。

「なっ、貴様ッ‼」

「黙れ、こんなことに街を巻き込みやがって……ッ‼　そもそも、魔族を誘拐するというところから、私は聞かされていなかったぞッ‼」

「今更何を言う――」

「ちと黙れ」

レフィが冷たい眼差《まなざ》しでそう言うと、男達はまるで金縛りに遭ったかのように固まる。

ダラダラと冷や汗を流し、瞬《まばた》きすら出来ず、指先までの一切が動かせなくなる。

それは、言い争っていた二人だけではなかった。

遠巻きに様子を眺めていた者達全員が覇龍の圧力の余波を受け、その場にへたり込む。

他種族よりも強さに鈍感な人間だが……その時点でもう、皆理解していた。

この場に降り立った少女が、自分達よりも圧倒的に格上の存在なのだということを。

手を出してはいけない領域に、手を出してしまったのだと。

理不尽で、不条理で、何者も抗《あらが》えない、絶対的な覇者。

「人間ども、貴様らの事情などどうでも良い、儂が、まだこの街を滅ぼさず、この国を滅ぼさんでおるのは、偏《ひとえ》に気分の問題じゃ。のう、貴様の方、こちらの男より事情を知っておるようじゃな？　確か、『人間至上主義者』じゃったか？　ここで素直に話すか、全《すべ》てを灰燼《かいじん》に帰《き》するか、選べ」

フッ、とレフィが手を横に払うと同時、金縛りが解ける。

相手を殺さないよう、気絶させないよう気を付け、だが放てる限りの覇龍の圧力を一身に向けられた人間至上主義者の男には、もはや反抗の意思は残っていなかった。

顔面を蒼白《そうはく》にし、涙を流し、答える。

「……お、王都アルシルの地下下水道に連れて行った」

「何のために彼奴を捕らえた？」

「そ、それは……」

「早う喋《しゃべ》らんか。儂が、本当にそんなことをするはずがないとでも思ってるのか？　家族よりも、見知らぬ人間どもを優先すると？」

「……きょ、今日市井にて行われる、慰安コンサートを襲撃させるためだ！　戦争が一段落ついた今、魔族に襲わせることで、他種族への悪感情を高めるのが目的だった」

「……なるほどの」

友好ムードをぶち壊しにするには、効果的な一手だろう。

――まさか、入れ違いになっておったとはな。

その事実に苛立《いらだ》ちながらも、焦ってはならないと怒りを抑え、問い掛ける。

「こんさーとはいつからじゃ」

「……さ、三時間後だ。ク、クク、今から行ってももう間に合うまい。せいぜい怒り、憎しみを振りまくがいいさ、魔族！」

「儂《わし》を魔族と見ている時点で、実力の底が知れるというものじゃの」

「何……？」

精一杯虚勢を張っていた男が、怪訝《けげん》な表情になったところで、レフィは尻尾《しっぽ》で殴り飛ばす。

吹き飛び、壁にぶつかって動かなくなったその男を一瞥すらせず、次にレフィは領主へと顔を向ける。

領主の男は、顔面を盛大に引《ひ》き攣《つ》らせながらも、上手《うま》く回らない口を必死に動かし、地面に頭を擦《こす》り付けて土下座する。

「つ、罪があるのは私だ、だから殺すのは私達だけにしてくれ。アレイラの街は無関係なのだ！

私が協力する意思を見せたから、この街がエサに選ばれ、そして貴方《あなた》の旦那らしい魔族達がやって来ることになったのだ！　ま、街の皆は許してくれ……！」

「…………」

パン、とレフィが両手を打ち合わせると同時、街を囲んでいた火が一瞬で全て掻き消える。

昼間のようだった周囲が暗くなり、離れていても感じていた凶悪な熱が引いていく。

「……儂は何もせん。お主らの沙汰《さた》は、この国の王に任せる。逃げたいのならば逃げると良い。儂の旦那を陥れておきながら、何の罰も受けないつもりならば、な？」

「……ば、ば、罰は、罰は受け、受ける。だ、だから、だから……」

「……フン」

そこでレフィは威圧をやめ、街から飛び立った。


「――ネル、入れ違いになった！　ユキは王都じゃ！」

街の外で待っていたネルとリル、そして魔族の部隊長のところへ飛んで戻ったレフィは、だがそこで立ち止まらず、そのまま来た道を飛び続ける。

その様子にただならぬものを感じたネル達は、すぐに彼女の後を追い掛ける。

「悪いが時間がない、儂は先に行く！」

「わかった、リル君、飛ばして！」

「グルゥ！」

「ヴェーダさん、僕達は急ぎますが、無理はしないでください！　まだ病み上がりなんですから！」

「それこそ無理というものです！　ここで気張らねば、我が一生に悔いが残りますから！」

彼女らは、来た道を急いで戻る。

◇　◇　◇

――ユキが意識を取り戻す、少し前。

「……レフィ……グゥゥゥ……」

要人移送用に使用される、豪奢《ごうしゃ》な馬車の御者をしていたその男女は、後ろから聞こえる唸《うな》り声に、若干の恐怖を感じながら会話を交わす。

「……見ろ。完全に意思を奪ったはずなのに、唸ってやがる」

「……戦災級の魔物ですら行動不能にする薬を飲ませた上で、隷属の首輪も効果を発揮しているはずよね。今の内に薬をもっと飲ませておくべきかしら」

「同意したいところではあるが、朝になったらコイツには働いてもらうんだ。その時もまだ薬のせいで動けなかったら、計画が破綻《はたん》するぞ」

「わかってるわよ。でも、このままだと普通に暴れそうよ」

後ろに乗せている、青年。

両手を拘束され、首輪を付けられている青年は、何かに抵抗するかのように首を乱暴に振り回し、男女の方から決して視線を逸《そ》らさず、ずっと御者台を睨《にら》み続けている。

隷属の首輪は、対象の意思を奪った後、装着させた者への絶対服従を強制させるものであり、青年へは「動くな」という命令が下されているはずだが……こうして現在も激しい抵抗が見られていた。

青年が人間ではないことを重々理解し、それでも完全に行動を支配出来るよう立てられた計画であったにもかかわらず、結果がこれであった。

「……そうだな。わかった、もう一瓶追加で痺《しび》れ薬を飲ませてくれ」

「了解よ」

一旦《いったん》薬を飲ませるために停車した後も馬車は進み続け、やがて目的地であった地下下水道の入り口の一つに辿《たど》り着《つ》く。

そこで待っていたのは、六人の男達。

「時間通りだな。魔族は？」

「あぁ、中だ。……随分厳重だな、見張りに六人か？」

その言葉に、待っていた男の一人が険しい顔で答える。

「この男はただの魔族じゃない。アーリシア王国の動乱に必ず顔を出し、そしてその武力を以《もっ》て全てを解決してきた男だ。私は元々軍籍だった故、その記録は嫌という程知っている。ハッキリ言うが、何かあった場合、六人でも足りん。いや、一個軍団があっても足りんな」

「……ま、でも、ついさっき追加で薬を飲ませたところよ。しばらくは指先を動かすのですら難しいでしょうね」

「……だといいがな」

魔族の青年を引き渡した男女は、馬車を近くに隠してすみやかに帰還し、そして六人は青年を地下下水道の奥へと連れて行く。

用意されていた牢《ろう》の中に、立つのもままならない様子の青年を押し込んだ後、それぞれが見張りのための持ち場につく。

二人が、地下下水道内部の隠し通路の出入り口に。

四人が、牢近くの見張り部屋に。

「……あの男、唇を震わせながら、女の名前呟《つぶや》いてたな」

「ハン、罪悪感でも湧《わ》いたか？　奴《やつ》らは敵だ。そうやって互いに殺し合ってきたんだ。何年も、何十年も、何百年も。俺達も」

牢近くの見張り部屋にて、そう言葉を交わす二人に、残りの二人も参加する。

「気持ちは、理解する。私達のすることは、決して善ではない。きっと、歴史的にも愚者の扱いをされるだろう。それでも、身体《からだ》が動いてしまったから、こうして集ったのだろう？　……まあ、それを抜きにしても、あの男はこの国で暴れ過ぎた」

「あぁ。どちらにしろ、奴の影響力をこの国から排除するのは急務だろうな。あまりにも、寄りかかり過ぎている面がある――」

――グシャリ、と牢の方から、何かの音が聞こえた。

会話を打ち切り、一斉に武器へと手を伸ばす四人。

「……おい、見に行く――」

その言葉を、最後まで言うことは出来なかった。

瞬きをする間に、飛び込んできたソレにより、一番手前にいた一人が貫き手《ぬきて》による胸部貫通で即死する。

ソレの正体は、牢に押し込んだはずの、青年。

姿を認識すると同時、近くの別の一人が機敏な動作で腰の剣を振るうが、間に合わない。

一歩で懐へ入り込んだ青年がハイキックを放ち、ザクロの如《ごと》く頭部を粉砕され、死亡する。

見張りの任に就いた者達は、すでに退役しているものの、元々鍛えられた精鋭軍人である。

だが、やはり人間でしかなく、さらには理性を欠いているせいで威力がコントロールされていない青年の攻撃には、耐えられなかった。

「ッ、化け物が……ッ‼」

「冷静になれ、焦ったら死ぬぞッ‼」

残った二人の内、片方が前に出てラウンドシールドを構え、攻撃を受ける態勢に入り、もう片方がその後ろへ入り、迎撃のための剣を構える。

軍にて学んだ、ツーマンセルの隊形。

その動きの素早さは精鋭として相応《ふさわ》しいものだったが――青年には、関係がなかった。

「ガアアアアァァッ‼」

獣のような咆哮《ほうこう》と同時、放たれる正拳突き。

それは、鉄製のラウンドシールドを簡単に打ち砕き、そのまま男の腹部までをも貫通する。

さらに青年は、腕に刺さったままの男を振り回し、背後で迎撃の構えを取っていた最後の一人へと攻撃する。

「クッ――」

残った一人は、後ろに下がることで回避に動くが、狭い部屋のせいでロクに距離を取ることが出来ず、ドンッと壁に背中が当たる。

次の瞬間、男の視界を五指と手のひらが埋め、ガシリと頭部を掴《つか》まれ――。

◇　◇　◇

足跡、下水に混じり微《かす》かに感じる人間の体臭、そして脳裏に朧《おぼろ》げに残っている道を辿っていき、やがて地下下水道から外に出た俺は、付近に停《と》めてあった馬車が呼び水となり、完全に記憶を取り戻す。

「……そうだ、俺はこれで移送されて、王都アルシルまで連れて来られたんだったな」

意思を奪われた状態であっても、本能が危機を感じ取り、全力で肉体が抵抗してくれていたようだ。

いや、こうして記憶が残っていた以上、完全に無意識だった訳ではなく、その奥底では多少なりとも状況を判断出来ていたのだろう。

だからこそ牢を壊すことが出来たし、最も脅威である見張りの排除まで行えたのだと思われる。

今は少しずつマシになって来たが、頭痛があるのは、薬の副作用だろうな。

そうして抗《あらが》っている内に、首に付けられていた隷属の首輪が持つ『支配』のキャパシティを俺の魔王の肉体が超え、首輪が壊れて我に返ったのだろう。

流石《さすが》、魔王の肉体だ。頼りになる。

何度も思っていることだが、俺、本当に魔王に生まれて良かったわ。

「……んで、どこだろうな、ここは」

辺りを見渡す。

ここが王都アルシルであるということは、地下下水道から外に出た際わかったが、俺が訪れたことのない区画であるようで、マップが切れ切れにしか映っていない。

必死に、隷属下にあった時の記憶を辿る。

確か……街の中に入った後、馬車は一度どこかの屋敷に停まった。

そこで、馬車を乗り換えさせられたのを覚えている。

長距離移動用のものから、今目の前にある貴族用の、装飾過多な馬車に変えたのだ。

思い出せ。

移動時間は短かったので、その屋敷とこの地下下水道は、そんなに離れていないはず。

そして、わざわざ貴族用のものに馬車を変えたのには、理由があると思われる。

例えば……貴族街を通って来たから、などだ。

「…………」

少し考えてから、『隠密《おんみつ》』スキルを発動し、背中に翼を出現させて飛び上がる。

今回ネル達が関わっていないことは、記憶を辿ることですでにわかっており、そしてこのまま城の方に行けば、無事に帰れるのだろうが……俺は、その選択肢を選ばなかった。

周辺を回り、辺りを見渡し——あった。

現在いる区画と隣接している、貴族街と思われる区画。

その中にある一軒の屋敷に、確証はないが見覚えがある。

狭くはないが、周囲の屋敷と比べると一回りこぢんまりしており、派手さもない屋敷。

あそこで俺は一度降ろされ、そして馬車を乗り換えたはずだ。

捉《とら》えた屋敷の周りを飛び、イービルアイも放ち、一旦周辺確認を行う。

——当たりだな。

数人の見張り。その表情や仕草から、かなり張り詰めている様子が窺《うかが》える。

敵は、俺を捕らえたところから何かの作戦を進行させているようなので、気を張っているのだろうか。

中にも結構いるようだが……ただ、全体的に大した強さのヤツがいない。

全員、本当に人間の一般人相当のステータスをしており、俺を監視していた軍人達のステータスと比べても、三分の一程しかない。

ここにいるのは、民間人だけか？

「……ま、関係ないか」

降下し、外にいた見張り二名を素早く気絶させた後、内部へと侵入する。

全く……この街で俺は、忍んでばかりだな。

何回こうして、人ん家に無断で這入《はい》り込んだことか。

何が悲しくて、押し入り強盗の真似事《まねごと》をしなきゃならんのか。

内部の見張り達も気を抜いておらず、戦闘中のような雰囲気を醸しているが、残念ながら一般人だ。

特に苦労することもなく無力化していきながら、屋敷の探索を続けていき――やがて俺は、その部屋に辿り着く。

ギィ、と開いた部屋は、寝室だったらしく、置かれていたのは衣装ダンスとベッドのみ。

「……計画は、失敗しましたか」

静かな声。

――そこにいたのは、一人の老婆。

ごく普通の、どこにでもいそうな老婆がベッドから上半身だけを起こし、俺を見ている。

優しげな眼差《まなざ》し。

恐らく歳《とし》は七十を超えているだろうが、背筋が真《ま》っ直《す》ぐに伸びており、毅然《きぜん》とした態度が歳よりも意志の強さを感じさせる女性だ。

この世界では、人間にしては結構な長生きだろう。

――何も確証はない。

確かな証拠は何一つなく、ただの予想に過ぎないが――俺は、この時点でわかっていた。

この老婆が、全ての黒幕であろうと。

……ネルが言っていた。

人間至上主義者は、今まで大きな活動をすることはなく、ただ裏からそっと思想を伝播《でんぱ》させるだけだと。

長く生き、様々なことを経験し、だからこそこの老婆は、強《したた》かな立ち回りをすることが出来たのだろう。

焦らず、じっくりと、不安だけを伝播させていくのだ。

「あなたがここに来たということは、私の友人達は皆死んでしまったのでしょうか？　まあ、あなたにしたことを思えば、その報《むく》いとしては相応しいのかもしれませんが……」

「……牢で俺を監視していたヤツらは全員殺した。ただ、この屋敷にいたヤツは気絶してもらっただけで、殺してない。本当に一般人っぽかったからな」

俺は、険しい表情のまま、問い掛ける。

「端的に答えてもらおう。誰《だれ》のための、何に対する復讐《ふくしゅう》だ？」

「あらあら、せっかちな方ですね。まあ、いいでしょう、ご迷惑をお掛けした詫《わ》びです、お話ししましょう。――夫と、息子と、孫のための、この国に対する復讐です」

魔族ではなく、この国。

アーリシア王国に対する復讐。

てっきり、俺のような他種族を恨んでいるのだろうと思っていたので、少し意外に思いながら言葉を返す。

「……その三人は死んだのか？」

「ええ。皆、軍人でした。夫は国境沿いで魔族との戦闘に駆り出され、息子は獣人族との諍《いさか》いに部隊で向かい、そして孫は、一年と半年程前に王都にて内乱騒ぎがあった際、その争いに参加しました。結果、三人とも死にました。……いえ、『戦闘中行方不明』と言うのでしたか？　遺体は見つかっていないので、もしかしたら生きているかもしれませんね」

だが、もう三人の生存を諦《あきら》めてしまったくらいには、ほぼ死亡が確定的なのだろう。

他の二つは知らないが、この老婆の孫が参加したという内乱騒ぎは、俺がネルに連れられ、初めて王都アルシルに訪れた時のことか。

あれも、裏では魔族が関わり、その者達によって引き起こされたものだったな。

……それが、恨みの理由か。

三世代で家族が死んだとあれば、確かに恨みの理由としては真っ当なのかもしれないが……。

「言いたくはないが、軍人なら死も仕事の内のはずだ。その覚悟をしていないというのは、甘い話だろう。それで国に復讐ってのは、理不尽じゃないのか？」

「勿論《もちろん》、そこはわかっていますよ。三人とも自ら軍人となる道を選んだ以上、当然悲しみはあれど、私はそれを尊重しなければならないでしょう。戦死は、受け入れなければならないでしょう。……問題は、その死をこの国が、無駄にしたことにあります」

………。

「少し前の大戦を機に、争いのあった種族とも手を組み、特に魔族との交流を増やし始めています。――ならば、何故《なぜ》最初からそれを選ばなかった⁉」

彼女の優しげな瞳《ひとみ》に、憎悪が宿る。

憎々しげに、般若《はんにゃ》が如《ごと》く歪《ゆが》められた表情に覗《のぞ》く、深い怒り。

「今更和平など、何を言う⁉　つまりこの国は、その気になれば無駄な争いなど、しなくても良かったということです。これでは三人は、私の大事な人達は、無駄死にしただけではないですか！　何の意味もなく、何の価値もなく！　何も成し遂げられずに！」

……その死があって、今の結果がある、なんて言っても、この婆《ばあ》さんには鼻で笑われるだろうな。

実際、彼らの死に大きな意味はなかったのだろう。

長らく続いた対立で、惰性的に発生した戦闘に巻き込まれ、死んだのだと思われる。

こちらの世界では、そういうことがよく起こっていることは知っている。

老婆の孫の死も、あの内乱はほぼ俺達が解決したようなものなので、その最中《さなか》で死んでしまったのならば……正直大した意味はなかったのかもしれない。

「戦う気がないのならば、最初から戦などしなければ良かったものを。私に協力していただいている者は、皆が私と同じ境遇。私達の大事な人の死を、全て無駄とした訳ですよ、この国は。ならば、それなりの報いを受けさせてやらねば、死者に合わせる顔がないというものです。……あなたをそれに巻き込んだことに関しては、深く謝罪させていただきます」

この老婆のせいで、俺はかなり危険な目に遭い、ロクでもない何かの作戦に従事させられる一歩手前の状況に陥った。

明確な、絶対に許容出来ない敵。

だが……こうして実際に相まみえたところで、彼女に対する殺意は、俺の中には湧《わ》いて来なかった。

——そうか。

普通の人なのだ、この老婆は。

皆と同じ、ごく普通の一般人。

だからこそ、家族が死んで怒りを覚え、どれだけ理不尽と思われようとも、復讐を決意したのだろう。

誰もが、この老婆になる可能性がある。

一般人と違うことと言えば、この老婆には怒りを行動に移すだけの、能力があったことか。

恐らく、ここで俺が何を言っても無意味だろう。

物語じゃないのだ。

誰かが、全てをわかったかのような顔で「それは良くないことだ。死者はそんなことを望んでいない」なんて説得しても、都合良く相手が改心するなどということはあり得ず、仮にそれで納得しようものなら、そもそもこんな面倒は起こしていない。

俺達は、『人』なのだ。

幾ら理性が止めても、他者が止めても、身を焦がす強烈な感情に抗《あらが》うことは出来ず、それが破滅とわかっていても突き進むのである。

「殺したければ、殺しなさい。あなたにはその権利がある。ですが、その場合、無辜《むこ》の民を魔族が殺害したというニュースが市井に回ることになっています。逆に殺さずに生かせば、私が主導して他種族への悪感情を流し続けます。どの場所でも、どんな扱いをされても」

「随分と迷惑な話だな」

「ええ、私は嫌な女なのです。身勝手な老婆に関わってしまい、気の毒に思いますが……どちらにしろあなたは、この国と深い縁があるのでしょう？　この国に関わる以上は、付き合っていただきましょう」

静かな声色で、老婆は微笑《ほほえ》む。

俺に対する敵意はない。

ただ、為《な》すべきを為すだけ。あるのは、強い意志だけだ。

少しの間黙ってから、俺は言葉を返す。

「……俺は殺さない。婆さんを裁くのは、この国の法だ。余生を牢屋《ろうや》で暮らしな」

「そうですか。まあ、構いません。どうせ死に掛けの老いぼれです。お好きになさい」

表情が崩れない彼女に、俺はため息を吐《つ》く。

「アンタの話はわかった。ただ、これは親切心から言うことだが……巻き込む相手は選んだ方がいいぜ、婆さん」

「それは、あなたが報復としてこの国で暴れる、ということでしょうか？」

「いいや、俺じゃない。俺の家族さ」

「？　どういう――」

彼女が怪訝《けげん》な表情を浮かべた、次の瞬間だった。

――轟音《ごうおん》。

バギリ、と天井の全てが吹き飛び、朝の空気が部屋の中へと入り込んでくる。

そして、朝ぼらけの白んだ空に混じり、浮かぶ影が、一つ。

「――ここにおったか、ユキ」

空から降ってくる、俺が大好きな、いつまでも聞き続けていたいその綺麗《きれい》な声。

「全く……お主はまた面倒事に巻き込まれたようじゃな。外傷は……無いの。魔力の流れも正常、服の血は返り血か。無事じゃな、ユキ？」

「あぁ、大丈夫だ。悪い、レフィ。心配かけたな」

中空から俺の隣に降り立ったのは、レフィ。

――彼女の気配は、この屋敷を発見した辺りから、感じていた。

だからという訳ではないが、それなら何があっても大丈夫かと考え、この屋敷へと殴り込みを掛けたのだ。

「して……随分とやってくれたのう、貴様。ここまでの怒りを感じたのは、数世紀ぶりじゃ。誇ってよいぞ、人間」

レフィが視線を向けるのは、唖然《あぜん》と固まっていた老婆。

我が嫁さんの威圧を一身に受けた彼女は、わかりやすく冷や汗を流し、片手で心臓の辺りをギュッと掴《つか》み、だがそれでも気圧《けお》されることはなく、口を開く。

「……結局私達は、力で蹂躙《じゅうりん》されるだけですか」

「何を被害者ぶっておる。貴様が儂《わし》の旦那《だんな》に手を出さねば、儂がここまで来ることもなく、この国が儂という危険に脅かされることもなかった。全《すべ》ては、貴様が招いたことじゃ」

いつになく辛辣《しんらつ》な、一切敵意を隠さないレフィの様子に、老婆は苦笑を溢《こぼ》す。

「いえ、それはわかっていますよ。自業自得であることは。ですが……それなりに策謀を巡らせてみても、ただ力でひっくり返されてしまうと、人間という種の弱さを嘆きたくなるものです。そこの魔族のお方も、捕らえるところまでは上手くいっていたはずですから」

「抜かせ。それは、単に貴様が『人間』を諦めてしもうただけじゃ。自らの弱さを理解しながら、それでも力の限りで日々努力しておる人間を、少なくとも一人儂は知っておる。この国の勇者は、そうやって生きておる。貴様は悲嘆に暮れるだけで、前進することを忘れたのじゃろう」

「……あなたが幾つなのかは知りませんが、私のような老婆に向かって前に進めとは、言うではありませんか。お嬢さんは、死んだ家族を何人も見送った経験があるのですか？　精神が裂けそうな悲しみを味わい、それでも前へと進もうとしたところで、その死の全てが無駄であったとわからされた時の憎しみを、感じたことがあるとでも⁉」

老婆の声に、憎しみと苛立《いらだ》ちが覗く。

先程まではなかった敵意が、彼女の中に湧き上がっているのがわかる。

「……そうじゃな。儂にはそれらの経験はない。確実に貴様より長生きはしておるが、人生経験という意味では、儂の方が浅いかもしれぬ。――じゃが、大事な男を攫《さら》われ、命を奪われそうになる恐怖ならば、今日嫌という程感じたところじゃ」

今度は、レフィの言葉に怒りが乗り、放つ圧力が増大する。

「そもそも、貴様の事情など知ったことか。それを聞いて同情しろとでも？　儂は、覇龍レフィシオス。災厄の一つとして数えられる、世界最強の龍。情けを掛けられるなどと思うでないぞ」

そこで俺は、口を挟む。

「レフィ」

「止めるなよ、ユキ。お主の言葉とて、この者を許すつもりは儂にはないぞ」

こちらに当たらないように注意している様子ながらも、怒りを隠せていないレフィに、俺は苦笑して言葉を掛ける。

「いや、もう婆さん気絶してるから、聞いてないぞ」

「……む？」

そこでようやく、相手の様子に意識が向いたらしく、レフィはまじまじと老婆を見る。

彼女は、上半身を起こしたまま気絶していた。

気力で耐えていたようだが、レフィの怒りを一身に受け、流石《さすが》に限界が来たようだ。

年寄りには、キツい負荷だったのだろう――いや、年寄りじゃなくても一緒か。

「帰ろう、レフィ。敵の首魁《しゅかい》も、目的も、思想もわかったんだ。なら、後はこの国に任せてしまおう。仕事としては十分やったはずさ」

レフィの横で、俺もまた気絶した老婆に視線を送る。

根本的な問題は、何も解決していない。

彼らが『人間至上主義者』なんて名前を隠れ蓑にし、行動することになったそもそもの原因は、未《いま》だ残っている。

だが、ここから先は俺の仕事じゃない。ネルの仕事でもないだろう。

アーリシア国王が、国として解決すべき問題だ。

彼とは親しくしているし、助けを求められれば手を貸すが……これはもう、こっちの出る幕はないだろう。

俺の言葉に、レフィはゆっくりと深呼吸し、ため息を溢す。

「……腹立たしいの。これだけ迷惑を掛けておきながら、気絶して終わりとは」

「罰は受けるだろうさ、これからな。多分死ぬまで牢屋の中だろうし、わざわざ俺達がこの婆さんの企《たくら》みに協力して殺してやる必要はないって」

「フン、仕方あるまい。それで納得しておくかの。……いや、考えてみれば、そもそもお主が油断したのが悪い！　お主がしかと気を張っておれば、こんなことにはならなかったんじゃぞ！　ネルから連絡が来た時、儂の肝がどれだけ冷えたことか！」

「悪かったよ、流石に料理に毒が仕込まれてるなんて思ってなかったんだ。変な味だなとは、ぶっちゃけ思ってたんだが」

多分、あれが毒の味というものだったのだろう。

出されたものを残すのも悪いし……なんて思いから全部食ったのが、失敗だったな。

料理に毒が仕込まれている、という発想が皆無だったせいで、それがおかしなことだと気付けなかったのだ。

「き、気付いたのならば、食らわんようにせんか、馬鹿たれ！」

「そう言われるとそうなんだけどな。単純に、料理がマズいだけかと思ったんだ。レイラの美味《うま》い料理の味に慣れ過ぎたのかなってさ。本当に、心配掛けて悪かった」

「……フン、全く、後で皆にも謝るんじゃぞ。ネルなぞ、自分のせいでお主が危険に陥ったと、顔を真っ青にさせておったんじゃからな」

本当に心配してくれていたのだろう、かなり本気で怒っているレフィに、内心でちょっと嬉《うれ》しく思いながら、俺達は屋敷を飛び立ったのだった。

◇　◇　◇

――その後、駆け付けたネルを中心とした人間の部隊が、即座に屋敷を包囲、俺が気絶させてい

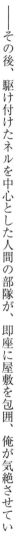

た中の全員を連行したことで、事件は終息した。

アーリシア国王と話をした後に、事件解明のため残ったネルを除き、俺達は帰宅した。

だから、事件の背景が全てわかったのは、後日のことだ。

老婆達は、テロを起こすのが目的で俺を誘拐したようだ。

どうやらあの日行われる予定だった、慰安コンサートに俺を放って民間人を襲わせ、和らいでいた魔族への悪感情を高める作戦だったらしい。

騒ぎを起こす、という程度に留めるつもりではあったようだが……仮に、そこで俺の制御が外れようものなら、最悪だったな。

意識がない時は理性が飛んでいたようなので、情け容赦なく虐殺をやった可能性は高い。

……いや、あの老婆は、それでも構わなかったのかもしれない。

実際に会ってよくわかったが、彼女はもう、復讐《ふくしゅう》心が募り過ぎて、何もかもが憎く見えるようになっていたように思う。

彼女にとって、国の思惑に従う者は敵だし、平和にのほほんと過ごしている者も敵だったのではないだろうか。

そうでなければ、もっと単純に、俺を使って政府要人を襲うような作戦を立てていたことだろう。

何も知らず、平穏な日々を過ごす者達を見て、理不尽だと自分でも理解していながら、ドロドロとした感情を抱いていたのだと思われる。

……恐らく死者は、老婆達にこんなことをしてほしくはなかったはずだ。

彼らにもきっと矜持《きょうじ》があり、誇りに思ったことがあり、そして死んでいったのだ。

だから、自分達の思い、そして願いを踏みにじるようなことはしてほしくなかっただろうし、家族には平和に幸せに日々を過ごしてほしいと思っていただろうが……それでも残された者は、ただ死者に生きていてほしかったと思い、大事な者達が死した原因に憎しみを覚えてしまうのだろう。

深い愛情の分だけ、憎しみが生み出されるのだ。

——今回事件を起こした者達には、極刑が下されるそうだ。

嫌な気分だが、妥当な刑罰なのだろう。

俺は魔王であるのに加え、名目上でローガルド帝国皇帝であるため、そんな俺を襲った彼女らは一族郎党処刑してお家断絶というのが相応《ふさわ》しい罰になるということだったのだが……それはちょっと嫌だったので、アーリシア国王に、極刑になるのは本当に関係のある者のみとするようお願いしておいた。

流石に、寝覚めが悪いからな。

恐らく俺への機嫌取りという部分もあるのだろうが、そこは代わりに、復讐の方向がネルへと向かわないよう尽力してもらうことで、話を付けた。

ちなみに、俺と魔族達の泊まった宿は、シロだったそうだ。

料理に痺《しび》れ毒を混ぜたのは宿の従業員ではなく、客として忍び込んでいた工作員が、彼らの目を盗んで料理に仕込んだのだそうだ。

多分、俺達があんまり気にせず料理を食えたのも、従業員から欠片《かけら》も敵意を感じられず、こちらに対する協力姿勢が見えていたからなのだろう。

襲撃が起きて俺達が連れ去られた後、従業員達はすぐさま行動に移り、あの街の衛兵に連絡していたそうだが……逆に衛兵の方は、人間至上主義者の息が掛かった者だったらしい。

あの街の領主もその仲間だったらしく、つまり街ぐるみの犯行だった訳だ。ソイツらはすでに捕まったと聞いた。

故に連絡が故意に滞ることとなり、彼らもその一味と見なされ、少しの間獄に繋がれることになったそうだ。

あの宿の主人が、顔面蒼白《そうはく》にし、唇を震わせながら経緯と悔恨を語ったことで裏が明らかになったそうだ。

彼らはシロだが、しかし今回の事件がそこで起きたため、何らかの罰則は受けることになるとネルから聞いた。

巻き込まれ損、といった感じだが……あそこは国側が俺達のために用意し、つまり政府要人が使用しても大丈夫だと判断された宿泊施設であり、そこでこんなことになってしまったため、可哀想《かわいそう》だが多少は仕方ないのかもしれない。

「――のう、ユキ」

「……ん？」

「こちらに来い」

ダンジョンにて、レフィはその場に正座で座ると、ポンポンと自身の膝《ひざ》を叩《たた》く。

「……な、何だよ、急に」

「いいから。ほれ、はよ来い」

「…………」

少し戸惑った後、俺は身体《からだ》を横たえ、促された通り彼女の膝に頭を乗せる。

心地《ここち》良い、太ももの感触。

彼女の香りに包まれ、俺の気分が勝手に落ち着いていく。

するとレフィは、まるで子供をあやすかのように俺の頭を撫《な》で、言った。

「ユキ。胸の内につっかえておるものがあるのならば、儂が聞こう。何も言いたくないのならば、ただ黙ってお主と共にいよう。じゃから……そんな顔で、一人でおるでない」

……コイツには、全《すべ》てお見通しか。

俺は、何と言うべきか少し悩んでから、口を開く。

「レフィ」

「うむ」

「俺は……平和ボケし始めてんのかね」

今回は、特に怪我《けが》もせず、無事に帰ってくることが出来た。

だが、次回も同じようにいくとは限らない。

意識がない時も反抗していたようだが、それでも今回、相当危なかったことは間違いない。

それも、俺よりも圧倒的に弱い人間にやられて、だ。

散々、迷わない、やることは決まっている、なんて思い続けていても、結局俺は甘い対応に留《とど》まった。

多分……黒龍と殺し合いをした頃《ころ》の俺ならば、毒も回避出来ていたのではないだろうか。

俺は、弱くなったのかもしれない。

いや、ステータス自体は相当に伸びている。

黒龍よりもさらに強かった冥王屍龍《しりゅう》を倒すことも出来たし、この魔境の森でも、魔物が最も強い西エリアの、浅層の魔物ならば一人で殺すことも出来るようになっている。

だが、そうしてある程度の強さを得たことで、警戒心が薄くなったのではないだろうか。

慢心、とはちょっと違うな。慢心など出来ようはずもない。

俺は自分のことを強者だと思ったことはなく、そんな環境にもいないのだから。

だから、平和ボケだ。

ここの皆との、愉快で、のんびりしていて、平和で、どうしようもなく幸せな日々に感覚が鈍って来ているのではないだろうか。

こちらの世界が、危険なのだという感覚が。

今回の件を通し、昔と比べて俺は、甘くなっているのではないかと思ったのである。

皆と関係が進み、レフィに子供が出来て、男として気張らなきゃと思った矢先にこれだ。

自分に、呆《あき》れもするだろう。

そんな内容のことを、ポツポツとレフィに語り——だが彼女は、慈愛の感じられる表情で、クスリと笑う。

「何じゃ、珍しく気落ちしておると思ったら、そんなことを考えておったのか」

「……あの婆さんの姿を見て、ちょっとな。それに今回は、俺の失敗でお前らに迷惑掛けた訳だしよ」

俺の身に同じことが起きたら、きっとあの婆さん達みたいになる。

彼女にあまり怒りが湧《わ》かなかったのは、それが理由だ。

鏡に映った自分の姿を見て感じるのは、己の欠点や不甲斐《ふがい》なさだろう。

「カカ、表では平静を装っておったが、やはり内心ではそれなりに気にしておったのか」

「……そりゃ、気にするさ。自力で逃げ出せたとはいえ、今回は場合によっちゃあ死んでたしな。そうなったら、このダンジョンがどうなるかもわからないし、何よりお前らと二度と会えなくなってた訳だ。考えただけで、ゾッとする」

「うむ、それは嫌じゃな。じゃから儂《わし》も、ユキを誘拐されて本当に怒りが湧いたし、気を抜くなとお主に怒った。して、お主はそれで反省しなかったのか？」

「いや、反省はしたけど……こうしてお前が気に掛けてくれるくらいにはな」

俺の言葉に、レフィは子供に語り聞かせるような優しげな口調で続ける。

「ならば、この話はもう終わりのはずじゃ。たらればを語るのは、意味がないぞ、ユキ」

「……気にし過ぎ、っつーことか？」

「反面教師としてあの老婆を見るのは良いが、それで気落ちしておっては駄目じゃ。確かにお主は、以前より少し警戒心が弱まったかもしれぬ。それは、皆との生活で心から幸せを感じておるからこそじゃろう。しかし、それは悪いことではないはずじゃ」

「……けど、この世界じゃあ、危機感は持っていた方がいいだろうさ。俺もある程度は強くなったが、ある程度だ。油断したら簡単に死ぬ。だろう？」

「別に、お主が致命的に甘くなったとは思わんがのう。……ま、月並みなことしか言えぬが、思うところがあるのならば、今回の失敗を糧にし、次に活《い》かせば良いじゃろう。お主は生き残り、こうして家に帰って来れたのじゃから。そうじゃろう？」

「……あぁ。とりあえず、毒対策はしないとなって思ったよ」

「カカ、そうじゃな。お主は体内魔力が通常のヒト種より高い故に、そういうものは弾《はじ》きやすいが、高品質の毒となると今回のように不覚を取ることもあるからの。……それにしても、お主がそこまで今回のことを気にするとはのう。儂も、怒った甲斐《かい》があったというものじゃ」

「……うるせ」

レフィはからからと笑った後、膝枕している俺の頬《ほお》をちょんちょんと指で突《つつ》き、そしてグニグニと引っ張り始める。

「……うむ、あれじゃな。お主の頬は、特に触り心地は良くないの」

「良くないんかい」

「じゃが、多分儂は、一生触り続けておっても飽きんじゃろうな」

微笑《ほほえ》み、俺の顔を覗《のぞ》き込むレフィ。

「……でも、一番は翼だろ？」

「よくわかっておるではないか！　ほれ、愛する妻のために翼を出さんか。儂が存分に触って、愛《め》でてやろう」

「お前、俺を励ましてたんじゃないのか？」

「そうじゃぞ？　お主が大好きな儂の、喜ぶ姿を見れば、お主も元気になるじゃろう？　故にこれは、お主を励ますための提案という訳じゃ」

「すごい自分本位な暴論を言い放ちましたね、あなた」

俺は苦笑を溢《こぼ》し、だが彼女の心遣いに、確かに気分が軽くなっていくのを感じていた。

「……よし、レフィ。俺は元気になりたいから、付き合ってくれ」

「仕方がないのう。儂はお主の番《つがい》故、お主が心ゆくまで付き合ってやろう」

俺は、意識してニヤリと笑みを浮かべ、身体を起こす。

「じゃあ、今から一緒に風呂《ふろ》に入ろう。んで、存分にエロいことをさせてくれ」

「うぬっ……ま、まあ、構わぬが。ま、全く、愛される身は大変じゃな」

「おう、俺はもう、お前への愛が迸《ほとばし》ってどうしようもねぇんだ」

「……その言い方は卑猥《ひわい》に聞こえるから、やめんか阿呆《あほう》」

顔を赤くし、パシッと肩を叩《はた》いてくるレフィに、俺は笑ったのだった。

閑話一　王の苦悩

アーリシア王国の、執務室にて。

「……全く、面倒な置き土産《みやげ》を、残してくれたものだ」

書類を確認し、レイド＝グローリオ＝アーリシアは、大きなため息を溢す。

――人間至上主義者。

その実態は、他種族というよりもこの国に対し恨みを抱いた者達が起こしたものだったが……その思想は、この国に大きな影響を及ぼした。

中枢の者達は全員捕らえ、一切表沙汰《おもてざた》にはせず秘密裏に事を進めたにもかかわらず、完全には思想の伝播《でんぱ》を止めることが出来なかった。

日々に不満を持つ者は数多く、そのはけ口として、他種族への悪感情が使われ出したのだ。

どうやら今回捕らえた者達は、捕まった後のことも考え、決して握《にぎ》り潰《つぶ》されないルートでの情報拡散の布石を幾つか打っていたらしい。

ひっそりと、少しずつ少しずつ囁《ささや》かれたその思想はここに来て一気に花開き、大規模に広がりを見せているのである。

一過性のものではあるだろうが、しかし今、このタイミングで広まってしまうのはマズい。

……正直なところ、その思想自体は、国が主導で広めていた時期もあった。

いや、この国のみならず、人間国家ならば少なからずどこも同じことをしていただろう。体制への敵対心を逸《そ》らすために、国外の、それも種の違う者達をやり玉にあげ、体制にとって都合の良い『敵』を用意するのである。

だが……もう、二度とそれは出来ない。

もう二度と、やってはならない。

他種族との協調はこの国の決定事項であり、これから先の未来を見るために決して変えてはならない路線である。

この国が――いや、この国を取り巻く世界が、平和へと歩むための道である。

故に自身は、王として決断しなければならない。

王としての、権力の行使を。

弾圧の、決断を。

ここで日和《ひよ》ることは、許されないのだ。

「……もう、ずっと、さっさと引退したいと思っているのだがな」

椅子に深くもたれかかり、天井を仰ぎ、再度ため息を吐き出す。

――わかっている。

自身は英雄と呼ばれるには程遠い凡才であり、ごく普通の男であるということは。

ただ、王族に生まれたから、王という立場を与えられただけのこと。

それらしく振舞ってはきたが、結局器ではなかったというのがここらで明らかになってきた訳だ。ローガルド帝国元皇帝や魔界王、エルフ女王などが持っている能力を、自身が欠片《かけら》でも身に付けていれば、もっと上手《うま》く政策を進め、未然に被害を防ぎ、魔王の彼にこんな迷惑をかけることもなかっただろう。

自身の無能さが招いた結果だと言われたとしても、決して否定は出来ないのだ。

「……それでも、ないものねだりをしている暇はない、か」

深く、深く深呼吸をしてから、ゆっくりと前を向く。

手札を増やせないのならば……この身が持つもので、進んでいくしかない。

息子が死した時からもう、嘆いて止まるのは無しだと決めたのだ。

老い始めたこの身体が朽ちるまで、駆け抜けるのである。

そうあってこそ、あの世で息子と再会した際、王として死ねたと胸を張ることが出来るだろう。

と、一人で今後の対応について考えていると、執務室の扉をノックされる。

「……陛下。会議のお時間です。皆様すでに待っておられます」

「わかった、すぐに向かおう」

彼は立ち上がり、部屋を出て行った。

――さぁ、戦おう。

第二章　強化月間

――魔境の森にて。

俺はリルを呼び出し、二人で話していた。

「聞け、リル。俺は今回、情けない醜態を晒《さら》して、自分がすげー不甲斐ないと感じた。平和に慣れて、危機感が鈍ったように思う」

「……クゥ」

申し訳ない、と言いたげに鳴いて頭を下げるリルに、俺は苦笑を溢す。

「何でお前が謝るんだ。……俺の危機に駆け付けるのが一歩遅れた？　いや、お前は俺の保護者か。そこまでお前の世話になってたら、主《あるじ》としての面目が立たねぇって」

そう言ってもなお、悔いるような表情を浮かべているリルに――俺もまた、真面目《まじめ》な顔で言葉を返す。

「……ま、俺らは男だからな。それでも、自分が不甲斐ないって思うのは……わかるよ」

「…………」

「だから、ここからだな。俺達は、日和っていた。もう一度、俺達が雑魚だということを自覚しよう。初めてこの森で逃げ回った時と同じように、理不尽な強さの敵にクソッタレと吐き捨てたくなった頃《ころ》の感覚を思い出そう。……実際、俺達はまだ、この森を制した訳じゃないしな。上には、まだまだいる」

この森の、半分は制した。

南エリアと東エリア、そしてレフィの元縄張りである北エリアだ。

俺のダンジョン領域は、大国と呼ばれる『アーリシア王国』よりも恐らく広くなっており……だが、最も魔物の強い西エリアに関しては、未《いま》だ手付かずの状態だ。

魔境の森内部よりも、外部へと広げる方の重要性が高まったことで、放置していたのだ。

魔境の森の魔物達は、基本的に引きこもりである。

現在住まう領域よりも、魔素の薄い領域にはほぼ足を踏み入れない。

だが――あくまで『ほぼ』であり、そういう可能性も決してゼロではないのだ。

過去にも、こっちまでやって来た西エリアの魔物を、死闘の末に討伐したことがあった。

この森を甘く見てはならない。

ヒト種の中では強くなったといえど、俺はまだまだ、レフィの足元にも及んでいないのだから。

人間なんぞに、してやられている場合ではないのだ。

「リル。俺達は弱い。この世界全体から見れば、まだまだ雑魚《ざこ》の範疇《はんちゅう》だ。生き急ぐつもりはないが……もっと、強くなるぞ。何が来ても、返り討ちに出来るだけの力を得るために」

「――クゥ」

俺の言葉に、リルは瞳《ひとみ》に力を込め、コクリと頷《うなず》いた。

「よし！　そんじゃあ、さっそく訓練だ！　今俺達がやれることを、一つずつやってくぞ！　漫然と魔物狩りするだけじゃなくて、な！」

「クゥ！」

◇　◇　◇

――俺が、人間至上主義者の騒動に巻き込まれてから数日が経《た》ち、落ち着いた頃。

「……主。エンも、一緒に強くなりたい」

突然、そんなことをエンが言い出した。

「？　ど、どうしたんだ、急に？」

「……最近、主がリルと一緒に、戦いの方策を考えてるのは知ってる。主達と同じように、エンも、もっといっぱい修行して、強くなって、主を守りたい。だから、一緒に、強くなる方法を、考えよう？」

俺の目を覗き込み、そう言うエン。

……最近、俺とリルは、失敗を反省して、本格的に戦闘訓練を行っている。

それを、エンも見ていたのだろう。

「……あぁ、わかった。そうだな、俺も、エンとの戦闘方法をもうちょっと模索しようとは思ってたんだ。一緒に、考えてみようか」

「……ん！」

そして、俺とエンは相談を始める。

「……まず、エンの目指すところ。主が使ったあの槍《やり》は、とても強かった」

「強いのは、確かに強いな。けど、アレはダメだ。俺自身、出来ればあの槍は二度と使いたくないし、一生死蔵しておきたいと思ってる。アイテムボックスから出したくもねぇ」

龍の里で貰《もら》った、神槍《しんそう》。

戦争では大活躍だったし、あれがなければ俺は逃げ惑うしかなかっただろう。

だが、あの力は簡単に振るって良いものではない。

いわゆる、奥の手。もうどうしようもなく、それ以外に手がないという時でなければ決して使ってはいけない武器なのである。というか、個人的に使いたくねぇ。怖いし。

そもそも、俺が所有していること自体が、何かの間違いみたいなものだろう。

……アレの正体も、探っていきたいもんだな。

神、という存在に関しては、正直今の俺は、興味がある。

この世界に何故《なぜ》来たか、とかの問いはもうどうでもいいが……この、迷宮というものの主として、その存在には興味があるのだ。

精霊王辺りが、何か知っていたりしないだろうか。また、彼にも会いたいもんだ。

「……ん。でも、あの槍が強いとされる理由を、エンは考えた」

「強さの理由？」

エンは、コクリと頷く。

「……何でも斬れる消滅の力は勿論《もちろん》、刀身の延長、飛ぶ斬撃。武器として、かなり格上であると認めざるを得ない。今のエンは敵《かな》わないし、エンじゃない武器でも、あの槍に匹敵するものは、きっとごくわずか」

「い、いや、エンは相当強い武器だし、あの槍が特殊なだけで――」

「……事実は、事実。主も、ちゃんと認めて」

本当に真面目に考えているようで、ちょっと怒ったような顔をする彼女。

……そうか。

本気で、どうするかを模索しているんだな。

それなら、ここで変に俺が慰めのようなことを言うのは、むしろエンに失礼っつーものか。

「……そうだな。エンよりも、あの槍の方が格上なのは確かだ。多分、数段は上だろう。けど、俺はあの槍が嫌いだし、俺の主武器はエンだけだ。それは、今後一生変わらないぞ」

「……ん。嬉《うれ》しい、ありがと。でも、だからこそ、エンも主の役に立ちたいと思った。それで、エンにも出来ることを考えた」

「エンに出来ること？」

「……エンは、意思ある剣。だから、普通の武器とは違って、魔力操作が出来る。主が使う『魔刃』の攻撃を、エンだけでも出来る。魔法なんかも、今覚え中」

魔刃とは、以前魔界にて、先代勇者レミーロとの試合で覚えた、刀身に纏《まと》わせた魔力を飛ばし、遠距離攻撃が可能な斬撃を放つ技術だ。

神槍には初めから備わっていた能力というか、振るえば勝手に魔刃に近しいものが飛んでいったが、普通の武器ではそうはいかない。

使用者が操作する必要があり、その分魔法能力に負荷が掛かるため、神槍に比べ一手攻撃が遅くなる。

先代勇者程の剣の使い手ならまだしも、俺みたいなのならば、尚更《なおさら》だ。

ただ……インテリジェンス・ウェポンであるエンであれば、神槍と同じように、自らで魔刃を放つことが出来る。

意思があり、自らの刀身に宿った魔力を操作出来るからだ。

この、意思があるという点に関しては、他の剣にはない非常に大きなアドバンテージなのは確かだろう。

「……斬れ味の増大。攻撃の延長。遠距離攻撃。武器にとっての永遠の課題であり、どこまでも目指し続ける道。エンは、これを目指さないといけない。意思ある剣だからこそ、色々考えなくちゃいけない」

「……そうだな。武器ならそれらは、一生探り続けるべきものだろうな」

「……後は、第二形態」

「あぁ、それも──第二形態？」

「……エンも神槍みたいに、第二形態を獲得しようと思う。第二形態、かっこいい。みんなの憧《あこが》れ」

「お、おう……まあ、そうだな。第二形態があったらカッコいいな」

無表情ながらも、キラキラとした目で希望を語るエンに、若干苦笑しながらそう答える。

だ、第二形態か……この子がこんな顔をするくらい望んでるのなら、ちょっと方法を考えてみるか？

「……そして、この幼女体は第二形態を得たことで新たな肉体となり、レイラみたいな大人のお姉さんになる。エンは通常の人じゃないから、エン用の成長を考えるなら、手段はやはりそれ！　レイラは幼女組の憧れ！　……違う、そんな話じゃない。話が逸《そ》れちゃった」

うん、すごい力を込めて語りましたね、あなた。

君がいっぱい喋《しゃべ》ってくれるようになって、俺は嬉しいよ。

……そうか、まあ、そういう理由なら、俺も本当に考えておくとしよう。

そう言えば昨日《きのう》、イルーナの背が伸びたとか、そういう話をしていたな。

イルーナは普通のヒト種なので普通に成長するし、シィはスライムなのでその気になれば身体《からだ》の形状を変えられる。

今のところ、肉体の成長手段がないのがエンなのだ。本体は刀だしな。

真面目に、何かしら方法を考えておかないといけないか。

あと、近くにいたレイラが、俺達の会話を聞いて恥ずかしそうに照れていた。可愛《かわい》い。

――とりあえず第二形態は措《お》いておくとして、その後、エンと色々話し合った結果、幾つか新しい技を考案した。

まず、魔刃を改良した、『魔刃・改』。

これは、放った魔刃をエンが操作することで目標を追い掛ける、つまり飛ん、で、追尾す、る、斬撃である。

魔法は、放った後もある程度操作が利くため、同じように魔刃を操ることが出来ないかと試してみたところ、想定通り上手《うま》く軌道を曲げることが出来たのだ。

まだ精度は粗く、九十度ギュインと曲がったりなどは出来ないが、可能性は見えたので要訓練だな。エンが、「……これはエンの課題。頑張る」と燃えていた。

標的に当たるまで、どこまでも追い続けるような斬撃が理想だ。

次に思い付いたのが、『ヒートソード』。

エンには魔術回路から得た『紅焔《こうえん》』スキルがあり、それを利用した技にジェットエンジン化がある。主に、空を飛ぶ時に加速するための技だ。

あれをもっと使いやすく、常にその状態でいられるように改良してみたのだ。

超絶熱く、使っている俺が燃え上がりそうだったのだが、岩が力を込めずともバターのように斬れるし、試しにＤ　Ｐ《ダンジョンポイント》で出した分厚いコンクリの壁とかも、振り抜けば簡単に斬り裂けたので、これは今後すぐに使っていける技だろう。

魔力はそれなりに食うが、俺もエンも以前より強くなり、魔力量が相当上がっているので、戦闘が長引いても一時間くらいならば使用し続けることが可能だ。

上級魔力ポーションを使っておけば、もっと長く戦えることだろう。

そして――三つ目が、今回の本命の技だ。

「行くぞ、エンッ‼」

『……ん、いつでも！』

現在いるのは、俺が所有するダンジョンの一つ、幽霊船ダンジョンの甲板。

俺の言葉に答えるエンの刀身は、いつもよりさらに濃い紅色に輝いており、彼女の主である俺ですら冷や汗を掻《か》くような、非常に重い圧力を放っている。

「フッ――‼」

我が愛刀を下段に構えた俺は、力の限りで彼女を前へと振り抜いた。

放たれるのは、魔刃――というより、ビーム。

空間を戦慄《わなな》かせ、大海原を抉《えぐ》り、どこまでもどこまでも突き抜けていく。

水飛沫《みずしぶき》。空気が熱せられ、何かが爆発したかのような強烈な爆音が鳴り響く。

波が発生し、巨大な幽霊船ダンジョンの甲板を揺らし……やがて抉れた海面が元に戻り、通常の海へと戻っていく。

エンの刀身も、いつもの紅色へと戻っていた。

「お、おぉ……や、やったな」

『……ん、でも、ちょっと魔力の制御が甘くなっちゃった。エンが頑張れば、まだまだ行けるはず』

思わず引《ひ》き攣《つ》り気味の顔になる俺に対し、まだこれでも満足いっていないらしく、不満の意を示すエン。

……うちの子、結構自分に厳しいタイプだからなぁ。

——今のは、『精霊魔法』で精霊達に魔力を渡し、エンの刀身に纏わせ、それを『魔刃』の要領で放った攻撃である。

何度か、もっと低い魔力で試し撃ちをし、形を整えてから本番をやってみたが……思っていた以上に威力があったな。

魔境の森じゃなく、こっちで試して正解だった。

レフィの放つ『龍の咆哮《ほうこう》』を目指した攻撃だが、その足元は見えただろうか。

エンの斬撃が加わったことで、俺が使う精霊魔法の『レヴィアタン』より、威力は上か？

感じとしては……以前エルフの里に行った際、アンデッドドラゴンの放つ龍の咆哮を見たが、アレに近しいくらいはあるかもしれない。

名付けるとしたら、『魔刃砲』だな。ここまで来るともう、斬撃って感じじゃないが。

体感だが、俺が自分の魔力を使って魔法を放つより、同じだけの魔力を精霊に渡した方が効果が高くなるように思う。

というか、この結果を見るとその予想で当たりだろう。

俺も魔力によって肉体が形成された身だが、より純粋な、『意思を持つ魔力』とでも言うべき精霊の方がそれに対する適性が高いため、威力に差が出るのではなかろうか。

問題としては、溜《た》めに時間が掛かるという点と、『レヴィアタン』に比べてこっちは威力の加減が出来ず、一発撃ったら後は何も出来なくなるという点か。

使うとしたら……溜めている間ペット達に正面を受け持ってもらい、トドメにこれを放つのが良さそうか。

後は、この攻撃の要《かなめ》が『精霊魔法』故、環境の問題があるか。俺が得意な属性は『水』であり、それが理由で他の精霊よりも水精霊がよく集まって、言うことを聞いてくれる。

そして、ここが海という水精霊が最も本領を発揮出来る場所であるため、これだけの威力になったが、森とかで放つとなるともう少し控えめの威力となるだろう。

「まあでもエン、神槍は別枠としても、俺達の手持ちの攻撃の中じゃあ今のが一番強いぜ？　だから俺は、エンと一緒にこんな攻撃が放てたってことを喜びたいんだが」

『……ん。確かに。まずは、成功を喜ぶ』

「そうさ。向上心があるのは良いことだし、俺もまだまだ強くならないと、とは思ってるが、切羽詰まってやる必要はないからな。一つ一つ、強くなっていこう」

『……ん！』

これで、手札は増えたな。後はコツコツ自力を鍛えるしかない。

……一撃必殺系ばっか増えてる気がするし、使いどころに大分困るような気もするが、まあ良しということにしておこう。

そもそもエンの設計思想からして、一撃に重きを置いているしな。

エルフの里にて執事の爺《じい》さん――先代勇者に剣を教わった時も、その方向に突き抜けろと言っていたし、何よりロマンなので。大艦巨砲主義万歳！

と、エンと成功の喜びを分かち合っていると、近くにある魔境の森と繋《つな》がっている扉から、レイラが顔を覗《のぞ》かせる。

「ユキさん、エンちゃん、おやつが出来たのですが、どうですかー？　まだ掛かりそうなら、ラップして取っておきますがー」

「ん、じゃあエン、一段落したところだし、休憩するか」

「……おやつ、楽しみ」

すぐに擬人化し、頬《ほお》を緩ませているエンの姿に和みながら、俺はレイラへと言葉を返す。

「よし、そういう訳だからレイラ、俺達も一緒に戻るよ。――と、そうそう、そう言えばレイラに聞きたいことがあったんだ。こっちの世界の神話について、教えてくれないか？」

「神話、ですかー？」

「あぁ。よく考えたら俺、ネルが所属する教会の『女神』様についてもよく知らないし、ヒト種の間でポピュラーな宗教も知らないからさ。レイラなら、詳しく知ってたりしないかと思ってよ」

「確かに、それなりには学んでいますがー……わかりました、勿論《もちろん》構いませんよー。後程、私の知っている限りの知識をお話ししましょうー」

◇　◇　◇

——おやつを食べ終えた後。

俺は、熱いお茶を飲みながら、レイラに神話に関する話を聞いていた。

「そうですねー……私の知る限り、人々に信仰される神は何柱かありますが、その中で中心となる神が二柱いますー。全《すべ》ては、その二柱より始まったとされていますねー」

と、そこに、同じようにお茶を飲んでいたリューが会話に加わる。

「あ、ウチも知ってるっすよ！　ウォーウルフ族は基本的にフェンリル信仰っすけど、でもその二柱の神様の話も、里の祈祷《きとう》師の大ばあ様なんかが話していたっす。その神様達のための祭事の時は、お供え物と一緒に豪華なご飯が出るから、喜んだものっすよ」

里のことを思い出しているのか、懐かしむような様子でそう語るリュー。

へぇ、祈祷師か。やっぱりそういう職の人はいるんだな。

「レフィはどうですかー？　龍族では、そういう言い伝えはあるのでしょうかー？」

その問い掛けに、やはり同じくお茶を飲んでいたレフィが答える。

「ふむ、龍族にはヒト種の宗教なるものは存在しておらんが、恐らくお主らが話している神話については、伝わっておるの。——『始原の神』と、『地の女神』の話じゃろう？」

「おぉ……ヒト種じゃないレフィ達のところにも同じ神話が伝わってるって、なかなか面白いものっすねぇ」

「うむ、儂《わし》としては、お主らがその神話を知っておることに少々驚いたがの。昔に、誰かが広めたのじゃろうか？」

俺の知らない知識で、盛り上がる彼女ら。

「始原の神に、地の女神……それは、番《つがい》の神なのか？」

「いえ、二つ同時に語られる神ではありますが、そういう訳ではないのですよー。まず、先に存在したのは、『始原の神』、『原初の神』、『一なるもの』などと呼ばれる神の方だったと言われていますー」

――最初にそこにあったのは、始原の神だったという。

万物の源であり、計り知れない大いなる力を秘めた、巨大な存在。

だが、それに意識という意識は存在しなかった。

ただ、そこにあるだけ。

動くことはなく、時という概念すらあやふやな中で、永遠に存在し続けるだけのものであり……

そして、ある時そこに、地の女神が現れたのだそうだ。

どこからやって来たのか、ソレに生み出されたのか、その辺りのことは一切謎であるそうだが、とにかく女神が始原の神と遭遇したと言い伝えられており、そこから全てが始まった。

彼女は始原の神が持つ力を利用し、瞬く間に大地と大海原を創り出すと、次々に生命を誕生させていき、やがてこの世界になったのだそうだ。

ネルが信仰している女神は、その地の女神が産んだ娘の一人らしい。

愛と勇気を司《つかさど》る、きっとどこかのあんぱん戦士も信仰しているだろう女神様で、人間に似た姿をしているとされており、故に人間達全般に信仰されているそうだ。

ちなみに、宗派が違うようだが、この前俺のダンジョン領域となったローガルド帝国でも、ネルんところの女神が信仰されているようだ。

俺の支配下であるあの場所の統治は魔界王達に丸投げしたが、一応ちょっとずつあそこの文化を学んではいるのである。

「………………」

「種によって、内容に多少の差はあるようですが、大筋は全てこのように伝わっているようですねー。レフィから教わった冥界《めいかい》神話の真実のように、もしかすると基となる出来事が実際にあったのかもしれませんー。――ユキさん？　どうかしましたかー？」

「……いや、何でもない」

始原の神に、地の女神、ね。

大いなるものの力を用い、世界を広げ、生物を生み出す。

なんともまあ――ダンジョンと似た構造ではなかろうか。

俺がダンジョンを使ってやっていることと、まんま同じである。

……魔界にて、ローガルド帝国前皇帝に会い、話したことを思い出す。

そうか。あの男は、この神話を知っていたからこそ、この世界が一つのダンジョンなのではないか、という推測をしたのだろう。

始原の神は……ダンジョンに似た、『システム』そのもののような存在だったのだろうか。

自らでは何もせず、誰かが操作することによって本領を発揮する存在。

となると気になるのは、地の女神の方だな。形で見ると、俺と同じ立場であるその神は、いったいどこからやって来て、どうやって始原の神と出会ったのだろうか。

それとも、始原の神自体が、自らを操作するものを創り出したのだろうか。

「……その二柱の神の名前は？」

「伝わっているのは、地の女神のお名前、『ガイア』のみですねー。始原の神は、ただそのままに呼ばれていますー」

そのレイラの言葉を、だがレフィが否定する。

「む、外ではそうなのか？　龍族には伝わっておったぞ」

「！　そうなんですかー？　始原の神に、お名前がー……？」

「ぬわっ、きゅ、急に寄るな、驚くじゃろう」

レフィは、「お主は相変わらずじゃなあ」と苦笑を溢《こぼ》しながら、答えた。

「――『ドミヌス』。それが、始まりの神の名じゃ」

その瞬間だった。

ブオンと、メニュー画面が勝手に開く。

表示されているのは、メニューの中の一つ、内部の改造を行う『ダンジョン』の項目。

「…………」

一瞬固まってから俺は、開かれたページを操作し、そしてズラリと並んだ文字の中にソレを見つけ――ゾクリと、背筋を這《は》うものがあった。

恐らく千年二千年溜めた程度では届かないであろう、圧倒的なＤ Ｐ《ダンジョンポイント》を消費することで利用可能になる、ソレ。

今まで、こんな項目はなかった。話を聞いたことが契機になったのか？

ダンジョンが、今の俺にならこれを見せてもいいと判断したのか？

ところどころ文字化けし、全てが読める訳ではないが……そこには、こう書かれていた。

――『ドミ？ス？の？？』。

◇　◇　◇

幽霊船ダンジョンの甲板に腰掛け、だらりと釣り糸を垂らす。

「ね～、あるジ」

「おー、どうしたー」

「おさかなさんの、エサのこれって、みみず～？」

隣にいるのは、シィのみ。

エサ箱に入ったイソメをツンツンと突《つつ》きながら、そう問い掛けてくる。

今日はイルーナ達と遊ばないのかと聞いたところ、「きょうはね～、あるじといっしょにいるひなの！」と、にへっと笑いながら言っていた。可愛《かわい》い。

「んー、大体そうだなー。ミミズの親戚《しんせき》だなー」

「へ～、しんせきさんなの！　たしかに、どっちもウネウネ～ってしてて、ウネウネだもんね！　となると、ウネウネ～ってできるシィも、みみずのしんせきさん？」

「おー、ウネウネさせてる時は、親戚かもなー」

「えへへ、そっかぁ！　シィは、みみずぞくのひとりとしテ、だれにもまけない、ウネウネをめざすことにするよ！」

「あぁ、シィのウネウネなら、きっと天下が取れるな。天下一武道会に出ても勝てるぞ」

「えへへ、そうだったらいいなぁ。そしたら、かめはめはだいおーのかめはめビームも、かめはめしちゃうね！」

「おー、そうだなー。かめはめビームもぶっ放しちゃうな」

「あるじ、ビームって、どうやったらだせるかナ？　エンちゃんと、あるじは、ビームだせるんだよね？」

「おう、出せるぞー。シィも、おっきくなって、魔力がもっと増えたら、きっと出せるようになるさ」

「そっかぁ、おっきくなったらかぁ。まいにちいっぱい、たのしみがあって、さきにもたのしみがあって、いっぱいたのしいね～！」

「そうだなー」

「……お主ら、脳味噌《のうみそ》が死んでおるぞ」

と、シィと二人でのんびりしていると、いつの間にか、こちらにやって来ていたらしいレフィの声が後ろから聞こえてくる。

「あっ、おねえちゃん！　いまね～、みみずのしんせきさんとして、ウネウネのしんずいをまなんでたところなの！」

「そうか。じゃが儂は、ウネウネしておる時より今の普通のお主の方が好きじゃから、その真髄は極めず今のままでいて欲しいの」

「ホント～？　それなら、ノーマルけいたいシィでいることも、やぶさかじゃないよ！　シィもね～、いつものおねえちゃんすきー！」

シィはニコニコしながらひしっとレフィに抱き着き、我が嫁さんはその頭をポンポンと撫《な》で、シィをくっ付けたまま俺の隣に腰掛ける。

「釣れておるのか？」

「いや、全然だな。坊主だ」

「そうか」

短くレフィが答えた後、少しの間、何も言葉を交わさず、波の音だけが響き渡る。

あれだけいっぱい喋《しゃべ》り続けていたシィは、その反動か少しウトウトしてきたようで、そのままレフィの膝《ひざ》に頭を乗せ、横になっていた。

我が嫁さんは、水色の幼女の髪を梳《す》くように撫で始め――そして、口を開いた。

「……で、ユキ。今度はどうしたんじゃ？」

「どうしたって？」

「神話の話を聞いた時から、何やらずっと考え込んでおるようじゃ。深刻、といった様子ではないが、そんな風に考え込むくらいには、気になる部分があるのじゃろう？」

……相変わらず、よく見ているヤツだ。

「……レフィ。精霊王の爺《じい》さんって、本気で会おうとしたら、どうしたらいい？」

「むっ、あの爺《じじい》に？　それは、なかなか難しいの……彼奴《あやつ》は本当に、世界中を放浪し続けておるからな。しかも、基本的に人里は避け、秘境から秘境を渡り歩いておるんじゃ。むしろ、こちらから探しに行くより、彼奴が気まぐれで我が家に来る確率の方が高いじゃろうの」

「ん～、そっか。じゃあ、待つしかねぇのか」

「どうしたんじゃ、何か彼奴に聞きたいことでもあるのか？」

隣から、俺を見上げるレフィ。

「あぁ。ダンジョンについて、神話について、もっと知りたいと思ってな。あの人……人？　まあ、爺さんなら、色々と知ってそうだからさ」

「ふむ、確かに彼奴ならばその知識も深くまで持っておるじゃろうな。レイラと同程度の探求心を持ちながら、龍族よりも遥《はる》かに長い時を生きる正真正銘の化け物じゃからの。……ダンジョンと神話に、何か関係があるのか？」

「どうやら、そうらしい。それも、簡単じゃないような、相当に深い関係だ。実は、レイラから神話の話を聞いていた時に、普段俺に全《すべ》てを任せきりで、何も言ってこないダンジョンが自分から反応を示したんだ」

「……なるほどの。それで、そんなに考え込んでおったのか」

「つっても、まだ何もわかってないんだけどな。俺の権限がまだ足りないのか知らんが、本当に断片的な情報しか表示されなくてさ。だから、知りたいと思ったんだ。このダンジョンの、主として」

――この世界には、まず間違いなく『神』と呼ばれるものが存在している。

神。上位者。

あるいは、システム。

俺達とは違う領域にて、違う理《ことわり》で働くもの。

……ダンジョンと魔王の関係は、単なる自然界での共生関係というだけでは、ないのかもしれない。

きっと、その二つを結び付けるもっと深いものが、そこにはあるのだ。

まあ、それを知ったからと言って、どうこうしようという訳じゃないのだが……だから、好奇心だ。

レイラじゃないが、俺と一心同体であるダンジョンという存在について、ちゃんと知っておきたいと思うのは、そうおかしなことでもないだろう。

そんなことをレフィに語ると、彼女もまた考え込むような素振りを見せる。

「ふぅむ……それは確かに、気になるところじゃな。お主が相当変な男じゃから、ダンジョンも変なものに感じるという訳ではないということか」

「おう、旦那《だんな》に向かって言いますね、あなた。まあ、今更否定はしないけどよ」

「カカ、安心せい。ちゃんとそういうところも、愛しておるぞ？」

「………………。」

「……レフィ、お前も釣りするか？」

「いや、儂《わし》はいい」

そう言ってレフィは、シィを膝に乗せたまま、俺の肩に頭を預ける。

俺は、ただその温《ぬく》もりを受け入れ、彼女と色々と話をしながら、何の反応もない釣り糸を垂らし続けた。

◇　◇　◇

「……あれ？」

イルーナは、タンスの奥から最近着ていなかったズボンを見つけて引っ張り出し、穿《は》こうとしたところで、若干の焦りの声と共に首を傾《かし》げた。

ダンジョンに住む者達の服は、自身の身体《からだ》を服の形に変化させているシィ以外、全てイルーナの兄であるユキがダンジョンの不思議議力によって生み出している。

外では、服など三着もあれば十分なのだが、お洒落《しゃれ》をさせてあげたいユキの甘やかしによって、イルーナとエンのための服などは数十近くのものが用意されていたりするのだ。

レイス娘達の憑依《ひょうい》用人形なども、一人数十個用意されているので、城の方に用意されている専用の人形置き部屋など、もう部屋の全てが彼女らの人形で埋まっている程である。

好きなだけお洒落をさせるというのは、教育に悪いのではないかとレフィと話し合ったこともあったが、子供にそういう面で不自由させないのは保護者の義務だとユキが譲らなかったため、その点では贅沢《ぜいたく》をさせていた。

故に、ズボンだけでも何着もあるため、以前穿いていたものがタンスの奥の方に行き、忘れて穿かなくなるということがあるのだ。

そういう訳で、何となくで取り出したズボンへと足を通したイルーナだったが――穿けなかったのである。半年前は穿けていたはずのズボンが。

――わ、わたし、太っちゃったのかな⁉

姉であるリューとネル、そしてレイラがよく食べ過ぎがどうの、ダイエットがどうのと話していることを思い出す。

ここのご飯は、とても美味《おい》しい。だから、いっつもいっぱいおかわりしてしまうのだが……それが原因で、自分も太ってしまったのだろうか。

その分だけ運動すれば問題ないと聞いていたし、毎日外でクタクタになるまで遊んでいるので、大丈夫だと油断していたのが、もしかするとダメだったのかもしれない。

「おっ……おねえちゃーん！」

イルーナは下着姿のまま、穿けなくなったそのズボンを片手に、近くでゴロゴロしていた姉、レフィの下へと駆け寄った。

「何じゃイルーナ。はしたないぞ。ユキがいないとはいえ、下くらいちゃんと穿かんか」

「あ、あのね、このズボン、穿けなくなっちゃって……わたし、太っちゃったのかな⁉」

「む……？」

レフィは、怪訝《けげん》そうにイルーナのことを見詰める。

「こうして見る限りでは、特に太ってはおらんと思うが……ふむ、イルーナ、そこで真《ま》っ直《す》ぐ立ってみよ」

「？　う、うん」

言われた通り、イルーナはその場でピンと立ち、するとレフィは彼女の前に立って自身と幼女との何かを比べ始める。

死刑宣告を待つような気分のイルーナだったが、少しして結論が出たらしく、レフィはコクリと頷《うなず》いてのんびりとした口調で言った。

「……うむ、間違いないの。イルーナ、お主は太ったのではなく、単純に背が伸びて身体が大きくなったんじゃ」

「？　ほ、ホント？」

その実感は……あんまりない。

いや、だが、そう言われて辺りを見回してみると、昔より物が小さくなったように見える、かもしれない。

勘違いと言われたら、あぁ勘違いかと納得してしまいそうな、些細《ささい》な差だが……。

「カカ、ま、そういうのは本人は体感出来ぬものじゃろうて。安心せよ、その服が着れなくなったのはただの成長じゃの。じゃから、最近着ておった新しいのを穿くんじゃ。いつまでも下着姿のままでは、風邪を引くぞ」

「う、うん、わかった！　……えへへ、そっかぁ、成長かぁ」

その事実を認識し、だんだんと嬉《うれ》しくなってきたところで、親しい友であるシィとエンの二人が、パチパチと拍手をする。

「おー、イルーナ、おおきくなっタ！　これは、おいわいだネ！」

「……ん、素晴らしきこと。羨《うらや》ましい」

「えへへ、ありがと、二人とも！　このまま成長していったら、レフィ――レイラおねえちゃんくらい、成長出来るかな？」

「なれるよ、きっと！」

「……ん。主も、いっぱい遊んで、いっぱい食べて、いっぱい寝れば成長するってよく言ってるから、きっとなれる。エンも、もっと成長する」

「シィも、もっとせいちょーする！」

未来に対し、無邪気な希望を語る彼女らの横で、若干ダメージを受けた様子の大人が二人。

「うっ……やっぱりそういう時に出てくる名前は、レイラなんすね……女のウチから見ても、レイラの身体付きはクラッと来るものがあるから、イルーナちゃん達の気持ちもよくわかるっすけども

「……」

「言うておくがリューよ、お主よりも、直前で言い直された儂の方がだめーじは大きいぞ……クッ、人化の術を使うた時、もっと大人の身体にしておけば……！」

「え、そういうことも出来るんすか、レフィは」

「いや、無理じゃが。儂が人と化した時の姿は、これだけじゃ。他の背丈にはなれん」

「ただの願望じゃないっすか……おのれレイラ、やはりあのおっぱいはウチらの敵っす。全てレイラのおっぱいがいけないんす」

「そうじゃな……」

と、そこで、何もしていないのに無駄にヘイトを買っていた本人が二人の会話に参加する。

「え、ええっと……二人の身体付きは、私の方も羨ましくなるくらい整っていると思うのですがー……」

「だまらっしゃい！　持つ者には、持たざる者の気持ちはわからないんす！　その大人な身体で、いっぱいご主人を誘惑するといいっす！」

「そうじゃそうじゃ！　良いかレイラ、お主のことは応援しておるし、ユキとそういう関係になっても心から祝福するが、これだけは言わせてもらう！　彼奴は胸よりも太ももの方が好きじゃ！誘惑するのならば、そのめいど服を多少着崩し、太ももを見せて誘惑するが良いぞ！」

「は、はぁ……」

ぎゃーぎゃーと騒ぐ友人達に、若干「面倒くさい」と思うレイラであったが、大人である彼女はそれを態度には出さず、ただ曖昧《あいまい》な困った笑みだけを浮かべていたのであった。

◇　◇　◇

――最近強化している、日課の魔物狩りを終えた後。

魔境の森の、少し開けた場所にて。

「フーッ……フーッ……」

エンよりもさらに数倍重い、筋トレ用の鉄刀――いや、アダマンタイト刀を、振る。

魔王の肉体ですら、持ち上げるのがやっとのような重さの訓練刀だ。

以前エルフの里にて、先代勇者レミーロから教わったフォームを意識し、雑にならないよう、確実に素振りを行う。

全身の筋肉が、悲鳴をあげているのがわかる。汗が噴き出し、息が荒くなる。

その俺の隣では、リルが『神速』スキルを用い、ひたすらにダッシュをし続けている。

誰《だれ》よりも速く。自身の限界を超え、さらに速く。

四肢の筋肉を躍動させ、いつもは怜悧《れいり》な相貌《そうぼう》を必死なものに変えており、今だけはモフモフのあの毛が暑苦しそうだ。

筋トレは、この世界でも変わらず重要なものだ。レベルが上がれば勝手に筋力も上がるが、しかし例えば同レベル帯の場合、より肉体が優れている方がステータスは上なのだ。

地道なものだが……まあ、強くなるために必要なものは、こういう地道さだろう。

ローマは一日にして成らず、だ。

――と、筋トレを続けていた時だった。

俺達が油断しているとでも思ったのか、木の陰からゆっくりとこちらに近付く気配。

ソイツは、タイミングを見計らい、一気に俺へと向かって飛び掛かり――。

「フーッ、邪魔、すんな、ボケ！」

「ギヤァッ――」

素振り用のアダマンタイト刀を、そのままブン、と振り、飛び掛かってきたヤツのドタマを殴り抜く。

四足歩行型の虎みたいな見た目のソイツは、悲鳴と共に吹き飛び、と、『神速』スキルで走り回っていたリルに轢《ひ》かれてさらに吹き飛び、地面に叩《たた》き付けられて動かなくなった。

「クゥ……？」

「いや、わからん。何か急に出て来やがった。――はー、あっちぃ……戻ったら風呂《ふろ》入るか」

俺はその場に座り込み、上のシャツを脱ぎ捨てる。

魔境の森の気候は基本的に亜熱帯なので、ここでの訓練はクソ暑い。

草原エリアの方は過ごしやすい気温に設定しているので、あっちでトレーニングすればいいのかもしれないが……こういう訓練中の姿を見られるのは少々恥ずかしいものがあるので、あっちではやりたくないのである。

「クゥ……」

「はは、お前の毛皮が最高なモンなのは間違いないが、こういう時はお気の毒にって感じだな。ほら、返り血も浴びてるし、洗ってやるよ」

原初魔法で水を生み出し、シャワー状にしてリルに掛けてやると、我がペットは気持ち良さそうにそれを浴び、そしてブルルと身体《からだ》を震わせる。

当然その隣にいる俺は、ダイレクトにそれを浴びることとなる。

「わっ、おい、はは、やったなこの野郎。おらっ、食らえ！」

そうして、リルとビショビショになりながらふざけていると、突然近くから可愛《かわい》らしい悲鳴が聞こえてくる。

「ひゃあっ、な、何？」

声の方向に顔を向けると、そこにいたのは、俺達の余波を頭から食らったらしく、びしょ濡《ぬ》れになっているネルだった。

「お、ネル！　おかえり、今帰って来たのか？」

「ん、ただいま。うん、さっき帰って、おにーさんに会いに来て、それで頭からビショビショになったところ。ハァ、もう、全身濡れちゃったよ」

一つため息を吐《つ》くネルに、俺は笑って答える。

「おう、悪い悪い。暑いから水浴びしてたんだ。汗が気持ち悪くてよ。な、リル」

「クゥ」

すると彼女は、半裸状態の俺をジーッと見詰め、それから口を開く。

「僕は、おにーさんに会いたくてワクワクしてたけど、今冷や水を浴びせられた気分です」

「気分というか、物理的に浴びたな」

上手《うま》いこと言うじゃないか、勇者さんよ。

「うるさいよ。……オホン、なので、その埋め合わせとして、おにーさんの腹筋を触らせてもらおうと思います！」

「えっ――わひゃひゃひゃっ、ちょ、おま、あひひひ……ま、待てって！」

ネルは両腕を伸ばし、俺の腹筋を触り始める。

「ふふ、ダメだよ、おにーさん！　これは罰なんだからね！　僕の気の済むまで、触らせてもらうんだから！」

「わ、わかった、わかったから、一旦《いったん》落ち着けって！」

「うーん、これは良いものだねぇ！　是非とも『腹筋っていいものだよね委員会』に、この素晴らしさを伝えねば！」

「わひひひっ、ど、どこにあんだよ、その委員会は！」

「勿論《もちろん》、我が家にだよ！」

それからしばらく俺を悶《もだ》えさせた後にようやくネルは満足したらしく、俺の腹筋から手を離す。

「ハー、ハー……お、お前、筋トレしてた時よりも疲れたぞ……」

「いやぁ、僕の方は日頃《ひごろ》の疲れが、この数分で全《すべ》て吹き飛んだよ！　うむ、これを『おにーさん回復装置』と名付けよう」

「名付けんでくれ」

お前はもう、いつからそんな感じになってしまったのか……いや、まあ、いいんだけどさ。

ウチの嫁さんが元気そうで何よりです。

俺は苦笑を溢《こぼ》し――それから、表情を少し真面目《まじめ》なものに変え、問い掛ける。

「それで……国の方は、どうなった？」

その言葉に、ネルもまた先程までとは違い、真剣な様子で答える。

「……うん。陛下は、今回の『人間至上主義者』の起こした一件をかなり重く見て……国内の統制に、軍の投入を決定してね。それで一応、落ち着きはしたよ」

……軍を投入しての、思想弾圧か。

「それは……相当だな」

前世ならば、それはもう大荒れに荒れるであろう事案だが、こちらの世界だと割とある軍の使い方である。

だが……彼がそれをするというのには、大きな意味があると見るべきだろう。

アーリシア国王は、人が良い。基本的に善人で、国王なんて役職に就いていなければ、きっと優しい近所のおじちゃんなんて感じで、平和に日々を暮らせたであろう人間である。

そんな彼が、それだけの重い判断を下したのだ。

いったいそこに、どれだけの葛藤《かっとう》があったことか。

「……あの王には、苦労を掛けるな。あれは、こっちの油断が招いたせいで起きたことだし」

あれは、自分の至らなさを思い知らされた、嫌な出来事だった。

色々覚悟していたつもりで、だが実際には全然それが足りていなかったという例だった。

方々に迷惑を掛けた、大きな失敗だったと言える。

その俺の言葉に、だがネルは、首を横に振る。

「ううん、おにーさんとリル君のせいじゃないよ。元々その件は、人間がどうにかしなきゃいけない思想の一つだったんだよ。それが今回、悪い形で露呈しちゃったんだ。姿形が同一な人間は、他種族よりも他種族に対して排他的な面があるのは、昔からの事実だしね」

「……今後、その辺りの偏見も、解消されていくことを願うしかないな。時間は、それなりに掛かるだろうが……」

「ん……そうだね。勇者として、今後そのための手助けをしていきたいものだよ」

そう言った後、ネルは意識的な様子で声音を変え、言葉を続ける。

「そうそう、僕は仕事が変わったよ」

「へぇ？　どうなったんだ？」

「うん、今後は治安維持の仕事なんかは無くなって、ほぼ魔物討伐の仕事にシフトすることになったんだ。だから、以前より仕事が少なくなって、こっちにも多く帰って来れると思う。他種族の脅威が薄まった、っていうのが大きな理由でね。もしかすると、おにーさんへのご機嫌取りの一環かもしれないけど」

「そっか……お前自身はちょっと思うところがあるかもしれないが、俺にとっちゃあ、お前と過ごす時間が増えるんだったら万々歳だな。すげー嬉しいよ」

ネルは、嬉しそうに笑みを浮かべる。

「ふふ、まあ、国が前に進んだ結果であるなら、それは喜ぶべきことさ。『勇者』というものがいらなくなるのなら、それは国にとっても、僕にとっても、良いことであるはずだよ。……そうなれば、こうしておにーさんの腹筋も、好きなだけ触れるようになる訳だし、好きなだけ抱き着ける訳だしね！」

「わっ、ちょ、お前……ったく。今俺、あんまり綺麗《きれい》じゃねぇぞ？」

「僕もびしょ濡れになった後だから、あんまり変わらないよ」

笑いながら抱き着いてくる彼女に、俺もまた笑って、その身体をギュッと抱き締める。

柔らかく、心地《ここち》良く、良い匂《にお》いのする嫁さんの身体。

「――と、そうだ、ネル。俺、近い内にドワーフの里に向かおうと思ってたんだが……お前も付いて来るか？」

「ドワーフの里!?　け、剣がいっぱいの!?」

間近から、勢いよくズイ、と顔を近付けてくるネルに、俺は思わず上半身を仰《の》け反《ぞ》らせる。

「お、おう。剣がいっぱいかどうかは知らんが、ダンジョンのことでちょっと、話を聞きたいと思ってな。いい機会だから、彼らんところを訪ねに行こうと思ってよ」

戦争の際、彼らの里へ遊びに行くと約束した。

時間が出来たので、この機会に訪問しようと思うのだ。

「行く！　行く行く！　え、えへへ……世界最高の鍛冶《かじ》技術を持つドワーフの里……！　武器の聖地……！　いつ、いつ行くの⁉」

テンション爆上がりのネルさんである。

「ち、近い内にな。お前が行くんなら、お前の日程に合わせるつもりだが、どうだ？」

「……喫緊の仕事は全て片付けてあるし、今の僕は結構自由が利く身……ん、わかった、ちょっと待ってて！　すぐに細かい仕事を終えてくるから！　絶対待っててね！」

「お、おう、わかった」

相変わらず、武器フェチな勇者様であった。

……ドワーフの里に行くとなると、そこから近いらしい獣人族の里にも多分行くことになるだろうし……せっかくだから、リューも誘ってみるか？

この後、聞いてみるか。

第三章　伝わる名

ネルへ旅行の提案をしてから、数日が経《た》ち。

「それじゃあ、行ってくる！　何かあったらすぐに連絡してくれ。即行で帰ってくるからよ」

「もしかしたら、僕宛《あて》に何か連絡が来るかもしれないけど、その時も連絡してくれると助かるかも！　リル君には言っておいたんだけど、魔境の森に誰か来るかもしれないから」

「ウチは特に何もないっすけど、でもお土産《みやげ》買ってくるっすから！　楽しみに待っていてほしいっす！」

「……ん。美味《おい》しそうなものがあったら、買ってくる」

俺とネルとリューの後に、やはり今回も一緒に付いて来てもらうエンが、そう皆に言う。

「うむ、こちらで何かあり次第、お主らにも連絡しよう。故に、こちらは気にせず旅を楽しんでくるがよい」

「行ってらっしゃいませー」

「いってらっしゃーい！」

「いってらっしゃーイ！」

我が家の面々に見送られ、俺達は家を後にした。

◇　◇　◇

今回の旅の目的は、ドワーフの里。

故に俺達がまず向かったのは、ローガルド帝国である。

ドワーフの里は、アーリシア王国から行ってもローガルド帝国から行っても、大して差のないような位置にあるそうなのだが、そこへ行くための飛行船がローガルド帝国からしか出ていないのだ。

アーリシア王国もまた、技術者ごと飛行船を数隻買っているらしいのだが、あそこは国内配備に重点を置いているため、まだまだ外国への航路は完成していないのである。

その点ローガルド帝国は、ほぼ植民地化されているので、国内よりも外国への融通を利かす方が優先されており、そのため例の戦争の戦勝国へと航路が延ばされているのだ。

敗戦国であるが故にそういう扱いをされている訳だが……ただ、今後ずっと、ローガルド帝国は中継点として機能するようになる訳なので、経済的に利が無い訳でもないのだ。

むしろ、先々のことまで考えれば、他国に対して確実に有利となるものを得たことになる。

あの国で多様な種族が過ごせるようにするため、魔界王達がその辺りは上手《うま》くやっているのだ。

飛行船によって、ヒト種は翼を得たことになり、人々の世界は大幅に広がった。

それを開発したエルレーン協商連合は、一つ世界を前へ進めたと言えるだろう。

「う、一緒の旅だから、二つ返事でオッケーしちゃったっすけど……また飛行船っすか……」

と、ローガルド帝国にある飛行船の待機所にて、移動に飛行船を使うと聞いたリューが、ジェットコースター嫌いがジェットコースターに乗る前みたいな顔で、そう呟《つぶや》く。

以前乗った際にかなり酔ってしまったので、微妙にトラウマになっているようだ。

「はは、まあ、あの時も後半は慣れて、酔いも治まってただろ？　大丈夫だ、変に緊張しなければ酔わないだろうさ。あと、一応酔い止めも用意したからよ」

「……酔い止めっすか？」

「おう、だから大丈夫だ。気にし過ぎるとむしろ酔うぞ」

「そうだよ、リュー。乗り物酔いは、気分でそうなっちゃうことも多いからね。おにーさんが大丈夫って言ってるんなら、大丈夫ってくらいに気楽に考えておいた方が、実際に症状も軽くなるんだよ」

そう話していると、ベンチで隣に座っているエンが、不思議そうに首を傾《かし》げる。

「……酔うって、お酒に酔うのと同じ？」

「いや、言葉は同じだが、それとは全然違うな。酒で酔うのは気分が良くなるが、こういう乗り物で酔うのは、単純に気持ち悪くて具合が悪くなるんだ。まあ、両方とも経験がないと、わかんないかもしんないが……」

「……お酒、飲んでみたい」

「それは、エンがもっと大きくなったらだな。……ネル、リュー。エンってどれくらいになったら、酒飲んでもいいと思う？」

「あー……ど、どうだろうね。見た目的には、あんまりお酒を飲ませたくはないけれど……エンちゃんなら、どれだけ飲んでも問題なさそうな気もするし……」

せやな。完全にイメージだが、我が家で最も酒が強いんじゃなかろうか。

「……悩みどころっすね。エンちゃん、大分特殊な生態してるっすから……イルーナちゃんが飲んでも大丈夫なくらい成長したら、っすかね？」

「そうだな……それがいいか」

幼女組の中で、普通の子供と言えるのは、イルーナだけだ。

彼女の成長に合わせて、エンもシィもその辺りを解禁するのが良いか。

……一緒に酒を飲める日が来るのが、楽しみだな。

「あと……あれだね。おにーさんが皇帝になったっていうのは聞いてたけど……本当に皇帝さんなんだね」

辺りを見渡しながら、ネルが呟く。

帝城近くに建設されている、この飛行船待機所だが——現在俺達の周囲を、数十名の兵士達が警護していた。

ローガルド帝国の、近衛《このえ》兵である。

ほとんどが魔族で、そこに数人エルフと獣人族、そして人間が交じっている。

こちらにやって来た際、俺の顔を知っていた魔族の役人に、飛行船を使いたいという旨を伝えたら、漏れなくこうして護衛が付いてきたのだ。

彼らは、ドワーフの里まで俺達に付き添うことになっている。

別にいらないんだが……流石《さすが》に、一国の皇帝をその家族だけで移動させられないということらしい。

俺が強いことは知っているが、だからと言って「じゃあ護衛はいらないですね」なんてやってしまったら、むしろ自分が罷免されるので、どうか、とその役人に懇願されてしまった。

……道中の移動だけ、という話で纏《まと》まったので、まあ良しとしよう。

それにしても、俺の警護に人間の兵か。

少しは、落ち着いてきたということだろうか。

ちなみに、俺達以外の客もいる。

ドワーフの里行きの船なので、やはり一番多いのはドワーフ。

次が獣人族で、人間も数人いる。

何人か、それぞれの国の高官らしい者達に挨拶《あいさつ》され、言葉を交わした。

今後も、こういう機会は増えることだろう。面倒だが、俺も慣れないとな。

「おう、俺自身、『あぁ、俺って皇帝なんだな』って思ったところだ」

「これだけ王様っぽくない王様も珍しいよねぇ。いや、王様っていうか、皇帝だけど」

「おっと、旦那《だんな》に言いますねぇ、あなた」

「ウチもネルも、勿論《もちろん》エンちゃんや他のみんなも、皇帝っぽくない今のご主人が好きってことっすよ！」

「そうそう、そういうこと」

「……お前ら、強くなったよな」

「我が家でいっぱい鍛えられたからね」

「ご主人の薫陶の賜物《たまもの》っす」

ニコニコと笑う二人に、何も言えなくなる俺だった。

――そんな感じで、暇な時間を雑談で潰《つぶ》していると、やがてグオングオンとエンジンが唸《うな》るような音が遠くから聞こえ始め、空に飛行船の姿が現れる。

待機所の前に停《と》まった船から、次々に乗客が下り始め、すぐに待機していた整備員達が整備を開始する。

ん、しっかりと体制が整えられてるんだな。

その後、乗船が開始されたのは、三十分が経《た》った頃《ころ》。

俺達もまた案内に従って乗船し、そして用意された個室に通される。

「――では、陛下。何かありましたら、すぐにお申し付け下さい。我々が誰《だれ》かしら駆け付けられるようにしておきますので」

そう話すのは、護衛の一人である、魔族の女性兵士。

通された部屋は、以前羊角の一族の里へ向かった時と、同じくらい豪華な部屋だった。

いわゆるＶＩＰルームである。

この船も旅客船仕様――というか、軍船以外は全《すべ》てこの造りなのだろう。

「ん、ありがとう。そっちも、何か強い魔物の出現とかがあったら教えてくれ。こう言っちゃアレだが、変に自分達だけで対処されるよりも、頼ってくれた方が助かる」

「ハッ、畏《かしこ》まりました！　陛下の強さは例の戦争で存じております故、その際は頼りにさせていただければと思います！」

そう言い残し、彼女は敬礼をして去って行った。

「……おにーさん、さっきの女の人、目を爛々《らんらん》に輝かせてたね？　まるで、有名人に会えた女性ファンみたいな感じで」

「いやいや、ホントに。有名人っすねぇ、ご主人」

ジトーッとした目で見てくる嫁さん二人に、俺は慌てて弁明する。

「ちょ、ちょっと待て、お前らが嫌って言うんだったら、ちゃんとそう言うからな？　今回のだって、俺が護衛を欲しいって言った訳じゃなくて、どうしてもって言われたから受け入れただけで――」

「あはは、冗談だって！　もー、そんな焦んないでよ。大丈夫、ちゃんとわかってるから」

「ご主人は、ウチらを一番大切にしてくれるっすもんねー？」

笑って、ぐでー、とネルが寄りかかってくるのに合わせ、反対側にリューが寄りかかってくる。

心地《ここち》良い、嫁さんの重みと香り。

最高の感覚である。この世の楽園がここにあると言って良いだろう。

「……最近俺、お前らに勝てないって思う要素がどんどん増えてる気がするよ」

「女は強いんだよ！　ねー、リュー」

「ウチはまだ、『女』というものを学び中っすけどね。日々、ネルやレフィ、レイラからその強さを学び取ろうとしてるところっす」

「えー。リューも十分、可愛《かわい》い女の子だと思うけどねぇ」

ちなみにこの間、エンは俺達よりも外の様子が気になるようで、発進準備を進めている外の様子を窓に齧《かじ》り付いて見ている。

彼女が飛行船に乗るのは、通算三度目になる訳だが、それでもやはり、物珍しくて面白いのだろう。

「――それで、おにーさん。僕はよく事情を知らないけれど、今回はどうして、ドワーフの里と獣人族の里に向かおうとしたの？　ローガルド帝国でそういう約束をしたっていうのは聞いてるけど、それだけでもないんでしょ？」

と、その問いに、俺ではなくリューが答える。

「あれっすよね？　神話のことでちょっと、気になることが出来たんすよね？　ご主人が、あの時に深く考えるような顔をしていたのは、ウチも見ていたっすから。レフィから少し、聞いてるのもあるっすけど」

「神話……？　急にまた、どうして」

不思議そうに、俺を見るネル。

「……俺はさ、魔王だ。ダンジョンの主《あるじ》であり、管理者だ。けど、そのダンジョンのことについて、あまりにも知らないと思ってな。今までは『そういうものだから』ってことで気にしてなかったが……まあ、要するに好奇心が湧《わ》いたんだ。この世界の神話を聞いてから」

「それで、ドワーフの里と、獣人族の里？」

「おう、色んなところに行ったら、色んなことを知れるだろ？　本当は会いたい人――つーか、精霊王に会いたいんだが、あの人神出鬼没がすごいらしくて、むしろダンジョンで待ってるのが一番出会える確率が高いそうだし、だったら自分の足で行けるところに行って、話でも聞けたらと思ってよ」

「精霊王……あの、レフィの知人のおじいちゃんか」

「そうっすかぁ……好奇心が疼《うず》いちゃったのなら、仕方ないっすね！　フフ、ウチらもその好奇心に、いっぱい付き合うっすよ」

「ん、楽しみだねぇ。僕、国の外に出る機会が少ないから、一緒に行けるなんてワクワクだよ」

そう話している間に、飛行船の発進準備が整ったらしく、エンジンが点火されたようで微《かす》かな振動が起き、フワリとした浮遊感が身体《からだ》を包み込む。

――そうして、空の旅が開始した。

◇　◇　◇

「――もー、本当に気を付けてほしいっすよ。最初に話を聞いた時、手足から力が抜けるくらい心

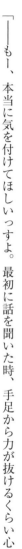

配したんすから」

宛《あて》がわれた部屋でのんびりしながら、嫁さん達と言葉を交わす。

飛行船が飛び上がり、すでに数時間。空の旅は順調に消化されている。

「悪い悪い。俺、自分に降りかかる危険はさ、大体全部『危機察知』スキルで判断してるんだが、料理の毒性にまで反応する訳じゃないっぽくてよ。俺自身の警戒心が薄れてたってのは、否めない事実だな」

何度も思っているが、あの『人間至上主義者』の件で、そこは、本当に反省した。

場合によっては死んでいた可能性もあるのだから。

「確かに、料理に毒が仕込まれてるなんて、普通に暮らしてたらそんな警戒はしないだろうけど、でも僕みたいな役人でも何でもない一般兵士でも、毒を見分ける訓練は一通り受けてるし……おにーさんの立場なら、その知識は持っていた方が良いだろうね」

とりあえず言っておくが、お前は決して一般兵士ではないからな。

……そうか、勇者って、そんなことも教わるのか。

「そう言えばおにーさん、『分析《アナライズ》』のスキル持ってたよね？　それで料理を見たら、毒入りかどうか判別できるんじゃないかな」

「……やったことはないが、確かに出来そうだな」

なるほど、そういう運用も出来るか。料理に使うって発想はなかったな。

ネルも言っていたが、そんな発想がなければ、人は、警戒しもしないのだろう。

「あとは、ネルにご主人も訓練してもらったらいいんじゃないっすか？　ご主人、正直ちょっと抜けてるところもあるっすから。スキルを使うのをうっかり忘れて、ってこともありそうですし。ウチも人のことは言えないっすけど」

リューの言葉を否定出来ないのが悲しいところである。

「ん、いいよ、じゃあ僕が毒の訓練をしてあげる！　しっかり知識を教えてあげるよ」

「お、おう。わかった、頼むよ。毒の訓練とか、もう字面が大分嫌な感じだが」

「大丈夫大丈夫、おにーさん、エリクサーたんまり持ってるでしょ？　だったら、致死性の毒とか口にしてもすぐに治療出来るから、もう誰よりもはっきりと味を覚えられるよ！　ドワーフの里や獣人族の里とかにも、多分毒性のある草花はあるだろうから、僕の知ってるのをすぐにでも教えてあげる」

「……お、お手柔らかにお願いします」

「……た、焚《た》き付《つ》けたのはウチっすけど、なんかこう、そこはかとない不安があるのは何故《なぜ》なんすかね。ご主人、ネルの訓練でも生き残ってくださいね？　いや、ホントに」

何だかやる気満々な様子のネルを前に、思わずリューと共に戦々恐々としていたその時、ガチャリと部屋の扉が開き、一人で船内の探険に出掛けていたエンが戻ってくる。

ちなみに、今の各々の服装なのだが、俺とエンはいつも通りの恰好《かっこう》であるものの、ネルはよく着ている軽鎧《けいがい》は身に着けておらず、ラフな短パンとシャツだ。聖剣も佩《は》いていない。

リューもまた、いつものメイド服ではなくネルとほぼ同じ恰好である。

リューは何でも着るが、ネルはスカートだけは滅多に穿《は》かない。

特にダンジョンの外に出る時は、必ずズボン系の動きやすいものだけだ。

どうも、スカートのような動きにくいものを着ると微妙にソワソワするというか、落ち着かなくなってしまうのだそうだ。

やはり彼女は、兵士であるということなのだろう。

あと、リューとレイラのメイド服に関してなのだが、最初は雇った形だったのに対し、今は普通に家族だと思っているので、従者みたいな恰好はしなくて良いと伝えてあるのだが……二人とも「いや、実はこれ、結構気に入っちゃってるんすよ。楽っすし」、「はい、とても楽ですねー」などと言っており、未《いま》だダンジョンではメイド服を着続けている。

……ま、まあ、お前らがそれでいいんだったら、いいんだがな。

「と、お。おかえり、エン――って、どうしたんだ？　その肉」

もきゅもきゅと、ベーコンっぽい肉を美味《おい》しそうに食べている彼女に問い掛けると、ゴクリと小さな喉《のど》を鳴らして口の中のものを飲み込み、答える。

「……探険してたら、間違って厨房《ちゅうぼう》に入っちゃって、そこのおじちゃんがくれた」

「あー、エン、『立ち入り禁止』って書いてあるところは、入っちゃダメだからな？　前回はクルーの人らが好意的だったから、色々見せてくれただけで」

「……ん。だから、ごめんなさいって言ったら、『おう、まだ飯の時間じゃあねぇが、これで我慢してくれや』って、このお肉くれた」

ふむ、エンの愛され体質が出たのか。ウチの子、大体どこでも人気だからな。

海の方もそうだが、こういう船の船員は、気の良いヤツが多いように思う。

海や空なんかの、ヒトでは決して敵《かな》わない大いなるものを、常に相手にして生きているという環境が、そうさせるのだろうか。

「はは、そっか。良かったな。お礼はちゃんと言ったか？」

「……ん。言った。あと、船員の人が言ってた。そろそろ日の入りで、船尾から綺麗《きれい》な景色《けしき》が見えるって。みんなで、見に行こう？」

「お、いいな。せっかくだし、行こうかお前ら。リューも、その様子だと酔いはないだろ？」

「はいっす、以前はもうすぐにダウンしちゃったっすけど、今回は全然気持ち悪くないっすね。ご主人の酔い止めの効果っすかね？」

おう、ＤＰ《ダンジョンポイント》産の、恐らく前世仕様のものだからな。

まあ、お前が慣れたのもあるだろうが。

「でもリュー、辛《つら》くなったらちゃんと言うんだよ？　我慢だけはしちゃダメだからね？」

「大丈夫っす。そうなったらしっかり伝えるっすから！　心配してくれてありがとうっす」

そうして部屋を出た俺達は、狭い通路を進んでいき、すぐに観光用に造られている船尾へと辿《たど》り着《つ》く。

他のお客さんも数人いたが、広い造りなので、周囲はあんまり気にせず端の一角を陣取る。

――ガラス張りの船尾からは、綺麗な西日が覗《のぞ》いていた。

眼下に広がる草原と、どこまでも続く丘陵。

遥《はる》か遠くに見える人里は、ローガルド帝国の街並みだろうか。もう結構飛んだんだな。

紅色に染めあげられ、端から夜が世界を覆っていく。

いつ見ても、良いものだ。

この、世界がまるで、別のものへと変貌《へんぼう》していくかのような瞬間は。

「うわぁ、綺麗っすねぇ……」

「ん、いつ見ても――あ？」

「？　どうかした、おにーさん？」

不思議そうにコチラを見るネル。

……俺の『危機察知』スキルの範囲内に、反応は何もない。

目視することで、どんどんと埋まっていく『マップ』に映るものも、ない。

だが、その時俺は、確かにチリッと、名状出来ない感覚に引っ掛かったものがあった。

俺は、自らの感覚に従い、紅色に染まった世界に目を凝らし続け――やがて、山脈の合間に、ソイツを発見する。

「……オイオイ、マジか」

口から漏れる、掠《かす》れた声。

即座に俺は行動を開始し、さっきまでの部屋――エンの本体を置きっぱなしにしてある個室へと戻る。

俺の様子を察知した瞬間、隣にいたエンは擬人化を解き、すでに側《そば》からは消えている。

「ご、ご主人、どうしたんすか？」

「……おにーさん、僕の聖剣もお願い」

後ろから付いて来る、不安そうなリューと、すでに戦闘時の顔に切り替わっているネル。

俺は、アイテムボックスから聖剣『デュランダル』を取り出してネルへと渡し、次にダンジョン帰還装置であるネックレスもまた取り出し、二人に渡す。

「敵かどうかはまだわからんが、ちょっとマズいのがこっちに向かって飛んで来てやがる。お前ら、一応いつでもダンジョンに逃げられるようにしておけ。……ここらは、安全が確保された空域だっつー話だったんだがな」

……この距離、すでに向こうの攻撃範囲内に飛行船が入っていると思うが、特にアクションはない。

敵ではない、と思いたいところだが……油断したら、死んだことも気付かずに大気の塵《ちり》になるだろうな。

――遠くに見えたのは、雄大に空を飛ぶ生物。

デカく、圧倒的な威圧感を放ち、こちらへと向かって飛ぶその姿。

我こそが空の支配者であると言わんばかりの、あの威圧感は、亜龍やそこらの魔物が出せるものではない。

間違いない。

龍族、それもレフィと同じ古代龍である。

◇　◇　◇

俺が逃げる素振りを見せたらすぐに察知出来るよう、ネルとリューに船尾の展望デッキにいるよう言った後、俺はまず護衛の兵士達の下へと向かった。

「？　陛下、どうされましたか？」

「外に龍族を発見した。どうやらこの船に向かっているらしい。操舵室《そうだ》に向かうから、一人付いて来てくれ」

護衛の兵士達にそう告げると、一瞬俺の言葉が理解出来なかったのか固まり、その後例の女性魔族兵士が、いち早く硬直から復帰する。

「りゅ、龍族ですか⁉」

「悪いが問答している暇はねぇ。俺一人よりもアンタらの誰かがいる方が話がしやすいだろうから、付いて来てくれ」

俺の言葉に、彼らは即座に目の色を変え、一瞬でピシリとした空気へと変貌する。

……ん、やっぱり精鋭なんだな。

突然の俺の発言を、完全に信じられないながらも、緊急事態と想定して瞬時に意識を切り替える。カッコいいもんだ。

そうして俺に付いて来たのは、やはりその女性魔族兵士。

名前は、エランナと言ったか。

どうも、彼女が護衛達の隊長であるようだ。

その頃《ころ》には、船の乗組員達もまた異変に気付いたようで、非常に慌てた様子で動き回っているのが窺《うかが》え、他の客達もまた何事だといった感じの怪訝《けげん》そうな表情を浮かべているのがわかる。

早いところどうにかしないと、パニックでも起こりそうだな。

「――船長！」

関係者以外立ち入り禁止だと止めてくる船員を押《お》し退《の》け、勝手に操舵室に入り声を張り上げる。

すると、怒鳴るように指示を出していたこの船の船長は一瞬驚いたような顔をした後、面倒そうなのが来たと言いたげな表情を浮かべる。

まあ、彼からすれば、今の事態に俺が現れるのは、クソ面倒なのは間違いないだろうな。

出発前、一度挨拶《あいさつ》をされているため、顔はお互い知っているのだ。

「……陛下、申し訳ありません、現在非常事態であります。御用ならば後程――」

彼の言葉を途中でぶった切り、俺はすぐに本題に入る。

「あの龍には、何の用か俺が話してくる。だから、この船はこのまま進んでてくれ」

「……は？　こ、このまま？」

「あぁ。元の航路通りに飛んでくれ」

船長は、わかりやすく渋面を浮かべる。

「し、しかし、それでは逃げることが……」

「龍族に捕捉《ほそく》された以上、今更逃げても無駄だ。だったら、なるべく刺激するような動きは見せないでくれ。龍族は大体が大らかだし、現時点で何もない以上は多分敵対とかされないと思うが……俺達が何人いようが関係なくぶっ殺せるのは、間違いないんだからな」

龍族は野生生物などではなく、理知的で懐が深い種だ。

が、全員が全員そういう訳ではない。

あの龍のことを一切知らない以上、警戒しないというのはアホの所業だ。

俺は一方的にそう言うと、「何を」と制止してくる船員達を無視し、数度使ったことのある飛行船のハッチを勝手に開ける。

風が入り込み、轟音《ごうおん》が唸《うな》る中、最後にもう一度彼らに念を押す。

「いいか、頼むから余計なことをするなよ！　俺以外の翼持ちの魔族も、外に出て来るな！　頼むぜ」

「……もし、敵対されてしまった場合は⁉」

「その時は——諦《あきら》めろ」

そして俺は、背中に二対の翼を出現させ、飛行船から飛び立った。

◇　◇　◇

あの龍は、やはりこちらを目指しているようだ。

飛行船から出て来た俺のことも、とっくに気付いていることだろう。

あの龍の縄張りにでも這入《はい》り込んでしまったか――いや、この辺りに龍族の縄張りがあるのならば、流石《さすが》に事前調査でわかるか。

そもそも、ここらへんはヒト種の国が多くある。

龍族の縄張りがあるようなところにヒトは街を作らないし、龍族も近付かない。

ヒトが街を形成するのは、魔素の薄い場所に限るからだ。

となると、恐らくあの龍はどこか余所《よそ》からやって来たのだろうが……いったいどういう目的でこっちに向かっているのだろうか。

……もしや、流れで龍王《りゅうおう》にもなっている、俺に用があったり、とかか？

「……実際に聞くしかないか。エン、もしもの時は、頼むぞ」

『……ん。任せて。エンは、いつでも、主のための剣』

気負いはなく、ただそれが自らの役割であり、生き方だと、静かな熱意で伝えてくるエン。

この子がいてくれるだけで、俺はどれだけの勇気を貰《もら》えていることだろうか。

そして俺達は、空を進んでいき――やがて会話が出来るくらいの距離まで近付く。

『魔族……いや、近いけど、もっと違う何かだね。それに、この覚えのある気配。アンタ、何者だい？』

その龍は、俺を見て、どことなく不思議そうな、興味深そうな様子で問い掛けてくる。

声の感じからして、恐らく婆《ばあ》さん龍だろう。

声音に、敵意は欠片《かけら》も無い。

ズシンと来るような威圧感こそあるが、魔力の高まりも一切感じられない。

良かった、大丈夫だろうとは思っていたが……一安心だな。

内心でホッと安堵《あんど》しながら、彼女の問いに答える。

「俺は魔王ユキだ。色々あって、龍王になってる。どうぞよろしく」

そう名乗ると、彼女は俺の上から下までをまじまじと見詰める。

『ふむ？　ふむふむ……ほぉ、なるほどねぇ。アンタが噂《うわさ》の新龍王かい。レフィシオスのやんちゃ娘を娶《めと》ったっていう、恐れ知らずの魔王。ちょっと前、里に帰った時に話は聞いたよ』

里、というのは、『龍の里』のことだろう。

この婆さん龍も、あそこの出身なのか。

彼女の口ぶりからすると、以前俺達が訪ねた時は、留守にしてたんだろうな。

……あと、レフィに対し『やんちゃ娘』なんて言える者を見る度に、この世界のスケールのデカさをひしひしと感じるものである。

「レフィのことを知ってるのか？」

『ふふ、何を言っているんだい。あの子を知らない龍族なんて、世界広しと言えどどこにもいないだろうさ。――アタシは、シセリウス。よろしく、新龍王ユキ』

名：シセリウス
種族：古代龍
レベル：7??

強いな。

今の俺では全《すべ》てを見ることは出来ていないが、紛《まご》うことなき、世界最強の種族のステータスをしているのがわかる。

以前殺したアホの黒龍や、つい最近の、冥王屍龍《しりゅう》の残骸《ざんがい》とは違う、本物の龍だ。

とりあえず、まだ鞘《さや》からは抜いていないものの、武器を出しっ放しでは失礼に当たると思ったので、俺はエンをアイテムボックスにしまおうとし——というところで、婆さん龍が面白そうな声を漏らす。

『うん？　その武器、思念があるね。珍しい、インテリジェンス・ウェポンかい』

「ん、あぁ、その通りだ。俺の愛武器の、罪焔《ざいえん》だ。——エン」

『……おばあちゃん、こんにちは』

俺の様子から、もう警戒する必要はないと彼女も理解したのだろう。

いつものような、のんびりとした口調で挨拶するエン。

『はい、こんにちは、お嬢ちゃん。……お嬢ちゃん、で、いいんだよね？』

『……ん、勿論《もちろん》』

『はは、ごめんよ。一応確認しただけだから、気を悪くしないでおくれ。……うーむ、これだけしっかりとした意識のある剣か。本当に珍しい。アタシの長い生の中でも、見るのは初めてだね』

好奇心に輝く彼女の瞳《ひとみ》を見て、俺の脳裏に、レイラやレイラの師匠、エルドガリア女史の姿が思い浮かぶ。

「……もしかして、学者なのか？」

『ん？　あぁ、アタシをヒトの言葉で表すのならば、それに当たるのかもね。ま、暇潰《ひまつぶ》しさ。アタシらは命が長いが、世界に散らばる不可思議は、アタシの一生を掛けても解き明かすことなんて出来やしない。なら、無意味に日々を過ごすよりも、それらを知るために生きる方が余程楽しいだろう？　里のボンクラジジイどもは籠《こも》り切りだったりするが、暇じゃないのかねぇ？』

……何と言うか、豪傑、って感じの婆さんだな。

多分だが、彼女もまた、龍族の中では有名な龍なのだろう。

いや、もしかすると、ヒト種の歴史の中にも、レフィと同じようにその名が刻まれているかもしれない。

『それで……教えてほしいんだが、アンタらの乗っているあの飛行物体。あれはいったい何なんだい？　最近空を飛んでいるようだが、全く見たことのない形だ。どういう魔法を使っているのか、もうサッパリさね。恐らくだが、人間が開発したものなんだろう？』

なるほど、それでこっちに近付いて来たのか。

好奇心が、抑えられなくなってしまった訳だ。

全く歳《とし》を感じさせない、その若々しい様子に俺は一つ苦笑を溢《こぼ》す。

「俺も詳しい仕組みとか、使っている魔法とかは知らないんだが……あの膨らんでるところあるだろ？　あそこに空気より軽い気体が入っていて――」

◇　◇　◇

――その頃《ころ》、操舵室では。

「せ、船長、どうされますか？」

狼狽《うろた》えた様子の船員の言葉に、船長は奥底に懊悩《おうのう》を感じさせる非常に険しい表情で、卓上のレーダーを確認する。

このレーダーは、エルレーン協商連合が他種族へと飛行船を売る際、交換条件として得た新魔法技術だ。

一定以上の魔力を有する、警戒すべき強さを持つ生物を判別可能なもので、試験運用している最中の品だが……そこには今、二つの光点が映っていた。

片方は、生物としては破格の魔力量をしていることがわかる光点。

そしてもう片方は、レーダーの故障ではないかと疑ってしまいそうになる程の、もはや観測不能な魔力量をしている光点。

ヒト種の範疇《はんちゅう》から外れているヒト種と、生物の範疇から外れている生物。

次元が違う。

「……魔族の兵士殿。私は件《くだん》の戦争には参加しておりません。エルレーン協商連合から来た、ただのしがない飛行船乗りであります。彼が、新皇帝が英雄だとは聞いていますが……それを信じてよろしいので？」

龍族。何者も抗《あらが》えない、世界最強の生物。

彼らは、基本的には世俗に興味を持たないものの、仮に敵対しようものなら全てを灰に変えることが可能であり、彼らによって滅ぼされたヒト種の国は、歴史を紐解《ひもと》けばすぐに発見することが出来る。

このレーダーの表示を見るだけでも……そのことは、理解したくない程に無理やり理解させられるのだ。

船長の言葉に、ユキと共に操舵《そうだ》室を訪れた女性魔族兵士、エランナはやはり険しい表情をしていたが、しかし彼とは違い、その表情に微《かす》かな希望を見せていた。

「ローガルド帝国に出現したアンデッドドラゴンが討伐出来たのは、まず彼のおかげです。彼がいなければ我々は全滅し、戦争に負けていた可能性すらあります。アンデッドドラゴンよりも、成体の龍の方が強いことは間違いないでしょうが……仮にヒト種で龍族に抗える者がいるとすれば、彼だけでしょう」

「………………」

それに、とエランナは言葉を続ける。

「陛下も仰《おつしや》っていましたが、もう、この距離では、逃げても無駄でしょう。失礼な物言いになりますが、この飛行船が、龍族を上回る飛行性能を有しているとは、到底思えません」

「……もはや、他に選択肢は無い、か。――お前達、陛下の仰った通り、通常運行で進むぞ。だが、本当に、何が起こるかわからない。片時も気を抜くな。常に神経を張り詰めろ。異変があれば、何でもいいから即座に知らせるんだ」

「乗客の方には……どう、説明されますか？」

「……強い魔物が出たとは、伝えよう。だが、龍族とは言うな。船内でパニックなど起これば、陛下に迷惑だろう」

針で刺せば破裂してしまいそうな、張り詰めた緊張の只中《ただなか》に置かれた彼らは、出現した龍と新皇帝が、現在和やかに談笑しているということを知らない。


――一方、船尾の展望デッキでは。

いつでもユキの動向が確認出来るよう、そこに留《とど》まっていたネルとリューは、最初こそ緊張の面持ちをしていたが……現在はすでに、肩の力を抜いてのんびりとしていた。

「ん、あの様子からすると、もう大丈夫みたいだね、リュー」

「フゥ、ビックリしたっすけど、やっぱりレフィの同種っすね。昔は龍族って聞くと、畏怖《いふ》の象徴でしたけど……あのご主人の様子からすると、龍族って本当に気が良いんすねぇ。レフィを見てたらよくわかるっすけど」

「うん……僕達と同じ、普通の生物なんだよね、きっと。とっても力があるってだけで」

彼女らから見えるのは、ユキがエンを肩に担ぎ、つまり攻撃の姿勢を完全に解き、あの龍族と何やら楽しそうに談笑している様子だ。

見ていると、どうやらエンもあの龍と話しているようで、彼らの視線が彼女の本体である大太刀へと向いている様子も窺《うかが》える。

彼には、抜けている面がある。

だが、自分達や、特に幼女達が共にいる時に、油断を見せることは決して無い。

彼女らとしては、ユキが一人だけの時でも、その警戒心を持っていてほしいところなのだが——

だからもう、大丈夫なのだ。

わかりやすく気を抜き始めたネルとリューを見て、彼女らの警護をするつもりで近くを固めていたユキの護衛兵士達は、酷《ひど》く緊張したまま、怪訝《けげん》な様子で問い掛ける。

「あ、あの……奥様方、大丈夫、とは？」

「はい、おにーさん——僕達の旦那《だんな》さんが、警戒を解いたようなので、あの龍の方は敵じゃないみたいです。なので、もう警戒しないでも大丈夫だと思います」

「……それが本当ならば、我々としても肩の力が抜けるのですが……」

彼女らと違い、龍族のことをよく知らず、ユキのこともよく知らない彼らは、とてもその言葉を信じることが出来ず、引《ひ》き攣《つ》ったような表情で言葉を返す。

ネルとリューは、まあそんなものかと顔を見合わせ――その時だった。

飛行船から、龍へと向かって砲撃が行われたのは。

◇　◇　◇

『――へぇ……なるほどねぇ、空気に含まれる成分か。そんなこと、考えたこともなかったさね。ヒト種は、そんなところまで研究を進めているのかい』

「あー、まあ、そんなところだ」

前世の話までするとややこしくなるので、微妙に誤魔化《ごまか》すようにそう答える。

……ヒトが見つけ出した知識であることには、違いないしな！

そうして飛行船の知識と、若干脱線して俺の知っている限りの科学技術の話をすると、老女龍シセリウスは満足してくれたらしい。

話を反芻《はんすう》するかのような素振りを見せた後、彼女は口を開く。

『うん……面白い、良い話を聞いた。やはり世界は、面白い』

「はは、そうだな。俺もそう思う」

『よし、アタシばかり聞いて悪いから、アンタも何か、聞きたいことはあるかい？　アタシの知っていることなら何でも教えよう。山を粉砕する極大魔法とか、全《すべ》てを砂に変える禁術とか教えようか？』

「いや、それは結構です」

……龍族だな。

俺は一つ苦笑を溢し、言葉を続ける。

「じゃあ……ドミヌスって知ってるか？」

『ドミヌス？　あぁ、知っとるよ。始原の神の名だろう？』

やっぱり知ってるのか。この様子だと、龍族では普通に知られてるんだろうな。

「俺、それに関して知りたくて、今外に出てるんだ。何か知ってることがあったりしないか？」

『んー、そうさねぇ……アタシの知っていることと言えば、神々という生物は、実際にいたということくらいかね』

「――生物？」

彼女は、コクリと頷《うなず》く。

『龍族でも辿《たど》るのが難しい程の遥《はる》かな過去、神と呼ばれていた者達が十数柱、確かに地上にて生活していたのさ。どうやら今はもう、死んじまっているようだが』

「……神が、死ぬのか？」

『あくまで、残された記述から考えるに、という推察だけどね。だから、生物なのさ。死という絶対の法則から逃れられぬのなら、アタシらより上位の力を持っていたとしても、それは「この世を生きる者」であり、つまり生物だと言えるだろう？』

……なるほどな。

些《いささ》か学術的な話ではあるが、神とは、神という名の生物であり……そしてそれらは確かに実在した、と。

これだけはっきりと断言するということは、何か、確証があるのだろう。

『そしてドミヌスとは、その神々が崇める対象だった。始原の神の話となると、同時に女神ガイアが語られることがあるけれど、彼女もまたドミヌスを崇めていたようだね』

……ここで彼女に出会えたのは、僥倖《ぎようこう》だったな。

思わぬところで、良い話を聞く機会が訪れてくれた。

俺は、彼女にさらに質問しようと口を開き――危機察知スキルに反応！

それは、目の前の龍からではない。

背後の、飛行船からである。

「ッ――」

意識よりも先に、身体《からだ》が動く。

全身をグルンと回転させ、翼で空気を捉え、鞘《さや》に入れたままのエンを全力で振り抜く。

細かな刃の調整はエン自身が行ってくれることで、俺はこちらに近付く物体を見もせず――ソレを圧《へ》し折った。

勢いを強制的に殺され、ぐるんぐるんと回転しながら落ちていったのは、巨大な金属矢。

……間違いない、あの飛行船に備わっている武装だ。

バリスタに似たものが幾つか、魔物の対処のために備わっていたはずだ。

そう思考を巡らすと同時、こちらに向かって再度放たれる、数発の金属矢。

今度は余裕があるため、俺は原初魔法で暴風の防壁を生み出し、全て弾《はじ》き飛ばす。

『うん？　今のは、アタシへの攻撃かい？　アンタへの攻撃かい？』

毛程も危機を感じていない様子で、不思議そうにそう言う老女龍シセリウス。

「……角度からして、多分俺じゃない。やめろって言ってあったんだが……」

『あー、悪いねぇ。怯《おび》えさせちゃったかね』

彼女は、申し訳なさそうにする。

……本当にそうなのか？

あれだけ言い含めておいたのに、極度の緊張から、思わず先制攻撃に出てしまったのか？

「……すまん、向こうの様子が気になる。アタシはここで待っとるよ』

『あぁ、行っといで。アタシはここで待っとるよ』

俺は、急いで飛行船へと飛んで戻る――。

◇　◇　◇

その瞬間、操舵室の者達は、凍り付いた。

「――どこのバカだ、今のは⁉」

激しく唾《つば》を飛ばしながら、怒鳴り声をあげる船長。

当然彼は、攻撃の指示など出していない。

念のため、武装を使用出来るようにと整備の指示を出しただけである。

誰《だれ》がどう見ても、誤解の余地のない先制攻撃。

しかも一発だけではなく、数発連射したところから、明らかに緊張からの誤射ではない。

間違えました、では済まされない愚行である。

どうやら、例の皇帝が防いでくれたようだが……仮に攻撃が龍へと当たっていた場合、この船がすでに瓦礫《がれき》と化していても、おかしくなかっただろう。

「さっさと向こうと連絡して、バカタレを捕らえさせろッ!!」

「い、今すぐに！」

兵器の据えられた区画と連絡を取るべく、船員の一人が伝声管を手に取り――だがその前に、別の船員が息を切らしながら、操舵室へと飛び込んでくる。

「せ、船長！」

「何だ!?」

「く、クルーの一人が反乱を！　そして現在、へ、陛下の奥方様と対峙《たいじ》しています！」

その言葉に、船長の目の前は真っ暗となった。

◇　◇　◇

勇者として鍛錬を重ねたネルの行動は、素早かった。

何が起こったのかを思考する前に、まずユキのいる場所に攻撃が行われたという一点だけを重く注視し、つまり飛行船内に敵がいると判断し、腰に差していた聖剣を抜き放つ。

ユキの様子を見て緊張を解いていたが、再び一気に全身を戦闘態勢まで持って行く。

「護衛兵士さんっ、この船の武装の位置は⁉」

「た、確かあちらの通路から行った先にあったはずです！」

そう答えるのは、ユキの護衛であり、現在は彼の妻である二人を守っている、近衛《このえ》兵士達。

「わかりました、ではリューのことを任せます！　――リュー、ここを動いちゃダメだよ！　何か良くないことが起きてる！」

「わ、わかったっす！」

「お、お待ちください！　おい、一人付いて来い、残りはここでリューイン奥様の護衛を！」

『ハッ‼』

そうしてネルは、狭い船内を駆け出す。

――先程の、あの攻撃。

間違いなく、練られた計画ではない。

龍の姿を見て、突発的に行われたものだ。

恐らくだが、あの龍を怒らせ、夫を襲わせようと考えたのだろう。

龍族を倒そうなどと考えるヒト種は、この世にほぼ存在しないからである。

よほど自らを勘違いした蛮勇の持ち主でなければ、天災を倒そうなどとは脳裏にも過《よぎ》らないからだ。

嵐《あらし》、噴火、地震。それらと同列に語られるのが、龍族という種である。だから、アンデッドドラゴンを討伐し、それ以前には黒龍すら殺したことのあるユキは、規格外なのだ。

これは、その後にこの飛行船がどうなるかなど、一切考えられていない、自殺紛《まが》いの衝動的な攻撃である。

だからこそ……対処は、誤れない。

感情的になっている相手は、時として、そんなことは誰もしないだろうということを何も考えずやってしまうことがある。

このように。

「やめろ、どういうつもりだ、お前⁉」

「バカな真似《まね》はよせッ！」

辿り着いた先で遭遇したのは、船員らしき者が他の船員の一人を盾にし、その首にナイフを突きつけている様子だった。

斬られたのか、犯人を囲う船員達の中には血を流している者も見え、犯人が相当取り乱していることがわかる。

「う、う、うるさい、何も知らないくせに……ッ‼」

取り乱しているのは、若い男だ。

自身より、数個年上なくらいか。

「――君は、自分がしたことの意味をわかってるのかな？」

冷たい、そのネルの声を聞き、ようやく彼らは彼女の存在に気が付く。

「なっ、お、奥様⁉」

「ッ⁉　何故《なぜ》あなたが⁉」

「僕の夫が狙《ねら》われました。ならば、その妻として――黙っている訳にはいかないでしょう」

本来ならば、何が何でもこの場から逃げてもらわなければならない程の要人であるが……ネルの言葉に込められた圧力に気圧《けお》され、犯人を含めた誰もが何も言えなくなる。

勇者としての、皇帝の妻としての風格が、確かに彼女には備わっていた。

ネルは、素早く周囲を見渡し、状況を確認する。

場所が狭く、足場も悪いが……一歩で懐へと踏み込める距離にはいる。

男が人質をどうこうする前に、その腕を斬り飛ばすだけの自信もある。

だが……人命の懸かったことだ。確実を期して動く必要がある。

故にネルは――言った。

「わかってるのかな？　いったい君が、誰と敵対したのかということを。それがいったい、どういう結果に繋《つな》がるのかということを」

「フンッ、わかっているさ、俺達の国の、て、敵だ‼　俺達の国のために、あの敵は殺すべきだ‼」

「……君は、ローガルド帝国人なの？」

「違う、俺はエルレーン協商連合出身だ‼」

その言葉に、ネルは怪訝《けげん》そうに眉《まゆ》を顰《ひそ》める。

エルレーン協商連合は、ユキと共に戦列に並んで戦った、戦勝国側の国だ。

そして、あの戦争にて飛行船の優位性を大きく知らしめたため、国の立場を向上させることに成功し、大国ではないものの人間国家の中では頭一つ抜きん出た存在となっている。

飛行船を売り、他種族が住む遠国と交易路を結ぶことで、莫大《ばくだい》な権益を得られるようになったのだ。

また、その他種族との結びつきにおいて、現在ローガルド帝国皇帝であるユキの立場は非常に重要なものとなっている。

現在の交流の中心がローガルド帝国であり、さらには彼が戦争の立役者でもあるため、その不興を買ってしまった場合、交流から疎外される可能性があるからである。

ユキ自身が何もしなくとも、だ。

自身の夫の影響力は、もうそれだけの大きなものとなっており、つまりエルレーン協商連合の者達にとって、ユキは敵であるどころか、国全体で歓待すべき国賓なのだ。

その辺りの事情を、ネルはアーリシア王国の勇者として、深く熟知していた。

「……敵、ね。彼は今、君達の国において重要人物であるはずだけど。つまり君は今、国益とは真反対の行動をしているね」

つい少し前、羊角の一族の里へ遊びに行った際に乗った飛行船。

あの時に出会ったエルレーン協商連合の船長と、ユキが仲良くやっており、傍目《はため》にも夫が彼の国に好印象を覚えているのがよくわかった。

今回のこれは、その真逆の行為である。

ユキの思いに水を差す男の行動に、実はネルは内心で、それなりの怒りを覚えていた。

「フンッ、そんな恥知らずな繋がりなど、とっとと断ち切ってしまえばいい‼　最近はどいつもこいつもそうだ、他種族にへこへこ頭を下げ、へらへら笑って‼　そ、それが国を破滅させることだと気付いていない‼　他種族は狡猾《こうかつ》で、俺達を食《く》い潰《つぶ》す気なのに‼」

「随分ハッキリと断言してるけど、それは君が勝手に『他種族はこういうもの』ってバイアスをかけて、その人本人を見ていないだけでしょ？　君はきっと、同じ人間を相手にしても同じことを言うよ。国籍がどうとか、どんな職に就いてるかとか。たかが種族が違うっていう些細なことが気に入らない君は、そういうことでも差別するんだろうね」

辛辣《しんらつ》な、怒らせるような言葉に、男は表情を激しく歪《ゆが》ませる。

「だ、だ、黙れ‼　他種族に身も心も売った人間の面汚しの女がッ‼　き、貴様に何がわかるッ⁉」

「君よりは色々知ってるよ。何せ僕は、アーリシア王国の勇者だから。むしろ君こそ、何を知ってるの？」

「っ、ゆ、勇者……？」

少女の正体が、皇帝の妻というものだけではなく、もっと予想外のものであったことに、一瞬動揺する男。

「ねぇ、言ってみなよ。君はいったい、他種族の何を知ってるの？　話をしたことはある？　彼らの街へ行ったことはある？　殺し合ったことは？　僕はあるよ。だから、彼らのことは深く知っているし、語ることも出来る」

「ッ……」

男は、何も言えない。口が動かない。

「何も知らないんでしょ。君は、何も知らない。だから、僕が良いことを教えてあげる。君みたいな人のことはね、世間一般じゃあ『テロリスト』って言うんだよ。どれだけ高尚で、立派な考えを持っていたとしてもね。――一般人を巻き込んだ時点で、ただの犯罪者。君は、決して英雄とは呼ばれないんだ」

嘲笑《ちょうしょう》するように、ネルは、笑った。

「～～ッ‼　だ、だ、黙れぇッ‼」

沸点に達した男は、怒りから目を血走らせ、人質を突き飛ばすと、ネルに向かってナイフを振りかぶった。

――よし。

自身へと標的が移ったことに内心で笑みを浮かべ、ネルは迎撃の姿勢を取り――が、結局彼女が動くことはなかった。

その前に、ユキが突っ込んできたからである。

「ウチの嫁さんに何してやがんだボケがぁッ‼」

「あぎィ――――⁉」

いつの間にか、船内に戻っていたらしい。

通路の向こうから突入してきたユキは、その勢いのまま、ナイフを振り上げた男の腕を蹴《け》り抜く。

バキリと嫌な音が鳴り、あらぬ方向へと男の腕が曲がり、肉を突き破って骨が飛び出る。

カランとナイフが床に転がる。

……今のは、間違いなく本気の蹴りである。多分、魔境の森の魔物ですら、頭部に食らったら破裂するだろう。

腕が千切れて吹っ飛ばず、幸いだったと言っていいのか、どうか。

「うッ⁉　腕がああああッ⁉」

「うるせぇ、諸共《もろとも》自殺しようとしたヤツが、腕折られたくらいでピーピー言ってんじゃねぇッ‼」

「ぎゅへッ――――」

何の容赦もなく、次に腹部を強烈に蹴り飛ばされた男は簡単に吹き飛び、飛行船の壁に激突して停止する。

ベコリと、壁を走っている配管が凹《へこ》む。

今度は、若干加減したようだ。殺してしまうと見て、無意識にセーブしたのだろう。

まあ、セーブしたところで、致命傷になりそうな一撃だったことは、否めないのだが。

そこまでしてなお、ユキは怒り冷めやらぬ様子だったが、このまま彼が暴れると飛行船の方が持たなそうだと判断したネルは、苦笑して聖剣を鞘《さや》にしまい、止めに入る。

「あー……おにーさん、おにーさん。落ち着いて。飛行船の方が、ダメージが酷《ひど》そうだから」

「フー、フー……フン、お前、ネルが優しくて良かったな！　そうじゃなかったら、全身の骨をバキバキに圧《へ》し折ってやるところだ」

「残念だけどおにーさん、もう彼、白目剥《む》いてるから、聞いてないよ」

ネルは、ユキの意識の矛先を逸《そ》らすため、彼の手を両手で握って別のことを問い掛ける。

「それより、おにーさん。あの龍を置いてこっち来ちゃったみたいだけど、そっちは大丈夫？」

「……あぁ。それは問題ない。あの龍は、レフィの知り合いの婆さん龍だ。すげー良い龍だから、この後でお前らにも紹介するよ」

「それは楽しみだね。エンちゃんもお疲れ様。あの龍と話してたようだけど、楽しかった？」

『……ん。優しくて面白い、いいお婆ちゃんだった』

ユキにずっと握られたままだったエンが意思を二人に飛ばし、恐らくそこで、彼女にこういう姿は見せられないと思ったのだろう。

ようやくその怒りが薄れていくのを見て取ったネルは、そのタイミングで、夫の怒りに当てられ固まっていた周囲の者達へと、指示を出し始める。

「兵士さん、あの男の処置をお願いします。船員さん達は、すぐに傷の手当てを。後程お話を聞くことになるとは思いますが、今はまず、治療とこの場の後片付けを優先しましょう」

彼女の言葉に、彼らはハッと我に返り、その場の収拾に動き出した。

その様子を見て、ユキがポツリと呟《つぶや》く。

「……お前、カッコいいな」

「フフ、ありがと。さ、おにーさん、一旦《いったん》リューのところに行こう。きっと心配して待ってるだろうから」

◇　◇　◇

――あの男は、龍族と話す俺を見て、「今ならば……」と思ったのだそうだ。

万が一に備えてバリスタ整備を任されていたらしく、金属矢を装填《そうてん》したところで、という訳だ。

……俺は、ついこの前失敗したばかりだ。

今の情勢が少し危ないものというのも理解しており、しかも今回はエンに加えて、ネルもリューもいる。

だから、流石《さすが》に危険がないよう、事前に乗員は全て確認した。

分析《アナライズ》スキルを使用し、ダンジョンの『マップ』機能及び危機察知スキルに意識を働かせ、おかしな者が這入《はい》りこんでいないか見ていた。

だからこそ、ローガルド帝国にて、まだ到着もしていない時から飛行船の発着場で待機していたのである。

面倒ながらも、わざわざ他の乗客や船長らに挨拶《あいさつ》を受けていたのだ。

その時は敵性反応は一切なかったので、あの男は本当に衝動的に撃ちやがったのだろう。

「俺は、何もしない。アンタらの国には世話になっているし、事を大きくしたいとも思わない。だから、後は任せるぞ。俺を殺そうとし、何より俺の嫁さんに刃《やいば》を向けたヤツのことは。もう一度言うぞ。俺の嫁さんを斬ろうとしたボケを、任せたからな」

「か、畏《かしこ》まりました。然《しか》るべき裁きは、必ず受けさせます。この度は、大変なご迷惑を……」

事態が収拾した後、大慌てでこちらに飛んできた船長は、焦りからか汗をダラダラと流しながら、頭を下げる。

「……いいよ。アンタが悪い訳じゃないのはわかってる。アンタが、船長としての責任を自分で果たす限りは、何も言わないでおこう。お互い、こんなことで国際問題にしたくないのも確かだ」

全く、こんなことなら俺も、一隻くらい個人用の飛行船買っちまおうか。

皇帝だしな、プライベートジェットならぬ、プライベート飛行船くらい持っていても良いのではなかろうか。

……いや、極端に使用頻度は低いだろうし、維持する人員にちょっと申し訳ないから、やめておこうか。普通に持て余しそう。

――今回の件は、根本にはやはり例のヤツらがある。

俺が遭遇した、人間至上主義者どもだ。

あの一件は、アーリシア王国に対する復讐《ふくしゅう》から始まったものだったが……その思想自体は、遅効毒のように人間の間でジワジワと広まってしまっているのかもしれない。

事を起こしたアホが、エルレーン協商連合の出身だったことが良い例であろう。

あの国は戦勝国であり、さらには飛行船売買、つまり他種族と繋がることで大儲《おおもう》けをしており、今は好景気に沸いていると聞いているが、それでもこういう男が出て来ているのだ。

突然現れた他種族が、交流を増やすという国の政策のために仕事を奪って行った。

他種族が国にやって来て、他種族による犯罪が起こり始めた。

戦いで他種族に家族を殺され、恨みが募っている。

現在の世界の変革で、この辺りの負の感情は噴出していることだろう。

それは別に、人間に限ったことではないだろうが……個が弱く、故に集団の力を重視してきた人間に、大きくその兆候が表れるのだと思われる。

あの男がどんな不満を持っていたかは知らないし、興味もないが、他種族に対するヘイトを溜《た》め込むような何かは、確かにあったのだろう。

それに、見方によっては、あの『屍龍《しりゅう》大戦』にて他種族により人間国家——それも大陸有数の大国が滅ぼされたことになる。

いや、別に滅んじゃいないが、今までとは全く違う形の国となり、しかもその皇帝が人間ではなく、俺という他種族になった訳だ。

不安は間違いなくあるだろうし、異なる人種に悪感情がある者達にとっては、俺という存在は本当に悪の親玉のように見えているのではないだろうか。

急激な変革には、必ず軋轢《あつれき》が生まれる。必ず、だ。

誰《だれ》がどれだけ上手《うま》くやろうとも、あの魔界王が策を練っても、決してそれはゼロにはならない。

……わかっていたことだが、本当に大変な時期だな、今は。

今回の旅が終わったら、しばらく魔境の森に引き籠《こも》っていようか。

久しぶりに、領域の拡張作業にでも励むとしよう。

「陛下のお心、感謝しかありません。……それで、その……一つお聞きしたいのですが、あちらのご婦人が？」

「ん？　あぁ、そうだな」

俺達の視線の先にいるのは、俺の身内三人と——一人の、老女。

頭部と腰から、岩を思わせるようなゴツい角と尻尾《しっぽ》を生やし、ゆったりとしたローブを身に纏《まと》っている。

現在、その四人で一つのテーブルを囲んでおり、楽しそうにお茶をしている様子が窺《うかが》える。

「……お婆ちゃん、このお茶、とても美味《おい》しい」

「あはは、なかなか渋い子だねぇ。甘いのにしようかちょっと迷ったけれど、気に入ってくれたのなら良かったよ」

「……いっぱい色々食べてるし飲んでるから、美味しいものはちゃんとわかる」

「そうかいそうかい、大事にしてもらっているんだね」

お茶を堪能しているエンの様子を見て、目を細める婆さん。

「いやでも、これ、本当に美味しいっすね……ウチに超絶料理の上手《うま》い子がいるんすけど、その子が淹《い》れてくれるお茶くらい、病みつきになる味っす！」

「うん、ホントに。こんなにしっかりと、お茶が美味しいって思えるなんて……シ、シ、セ、リ、ウ、ス、さ、ん、やっぱり、特別な茶葉なんですか？」

「あぁ、フェニックスが燃えた後に残る、灰で作ったものだよ」

「フェニックス……え、ふぇ、フェニックス？　フェニックスって、あのおとぎ話の？」

「いやいや、いるところにはいるんだよ。アタシもこれで作る茶が好きでねぇ。まあでも、非常に珍しい存在なのは確かだね。灰が足りなくなると探すんだけど、アタシも世界中を百年くらい飛び回って、ようやく見つけるくらいだし」

「……さ、流石龍族って感じの話っすね。というか、良かったんすか？　そんな貴重なものを……」

「アンタらの旦那《だんな》から、面白いことを教えてもらったからね。その礼という訳じゃないが、これくらいはご馳走《ちそう》するさ」

「……お姉ちゃん達。美味しいものは、ただ美味しいって言って、飲食するのが礼儀。それ以上を聞くのは、野暮」

「うっ、そ、そうっすね。エンちゃんの言う通りっす。シセリウスさん、とても美味しいお茶、ありがとうっす」

「フフ、そうだね、エンちゃん。シセリウスさん、ありがとうございます」

「あははは、それだけ味わって飲んでくれているなら、何よりさ。楽しんで飲んでおくれ」

そんな、ほのぼのとした会話を交わしている彼女達を見ながら、俺は船長に言った。

「あの人がさっきの龍――シセリウス女史だ」

彼女は、シセリウス婆さんが『人化の術』を使って変化した姿である。

こっちの様子を心配し、ああして気を遣って姿を変え、やって来てくれたのだ。

最初は俺も驚いたが……まあ、レフィもその魔法を使って今の姿になっている訳だしな。

ちなみに、レフィが初めて人化をした時は全裸だったが、彼女は普通にローブを身に纏った状態で人化していた。

術の練度で、その辺りは変わるのだろうか。

「……他種族とは……すごいものですな」

「まあ、あんなマネが出来るのは、俺も龍族以外知らないけどな。どうやら、相当に力のある種だと、人の姿になることも出来るらしいぞ」

何だかもう、いっぱいいっぱいいっぱいな様子の船長にそう言葉を返していると、シセリウス女史本人がこちらへ声を掛けてくる。

「悪いね、人間の船長さん。どうやらアタシが来たせいで、迷惑を掛けたようだ」

「いっ、いえ、こちらこそご迷惑をお掛け致しました。私の監督不行き届きで、シセリウス様に攻撃を――」

「いい、いい。そこを言われると、アタシも突然やって来て驚かせちまった部分があるから、ちょっと痛いんだ。気にしないでおくれ。それに、ヒト種はとにかく数が多いから、色んなのがいるのは知ってるよ。ただ、それはあくまでその個人の問題。別の誰かに八つ当たりするつもりはないさ」

緊張で引《ひ》き攣《つ》りそうになる頬《ほお》を、必死に堪《こら》えながら謝る船長に対し、毛程も気にした様子がなく手をヒラヒラと振るシセリウス女史。

今日だけでこの船長、寿命がちょっと縮んだのではなかろうか。

それにしても、良い婆ちゃんだ。やはり龍族は、懐の深い種族なのだろう。

レフィは大らかというか、大雑把という言葉の方がピッタリ来る女だが、この婆ちゃんはちゃんと大らかというのが似合う龍だ。

この短時間でエンが懐いているのを見ても、それがよくわかる。

「それで、人間の船長さん。こうして乗り込んだ後に言うのもアレなんだけど、少しの間お邪魔していてもいいかい？　この子らと、そこの龍王《りゅうおう》ともう少し会話を楽しみたいんだ」

「龍王？　……え、ええ、無論、問題ありません。存分に滞在していただきたく」

きっと、内心では「さっさと帰ってほしい」と思っているのだろうが、必死に笑顔を作りながらそう言う船長。

うん、アンタが頑張っていることは認めよう。

俺も多少はツテがある訳だし、この船長の立場が悪くならないよう、後で一言二言伝えておくか。

◇　◇　◇

「――それにしても、ヒト種の社会が多様なのは知ってるけど、最近は忙《せわ》しない感じがするねぇ。こんな風に、他種族が同じ船に乗っているところからして、何かあったのかい？」

俺が船長とのやり取りを終え、お茶会を楽しんでいる嫁さんらの方へと向かうと、そう問い掛けてくるシセリウス女史。

「実は、少し前にヒト種の間で大きな戦争があったんだ」

「へぇ？　戦争が。……そう言えば、つい最近大陸の南方で大きな魔力のぶつかり合いがあったね。あれかい」

……ローガルド帝国は、大陸南方に位置している。

やっぱり、この龍ら程力があると、離れていてもそういうのを感じるのか。

「多分、それだ。本当に大きな戦争だったから、ヒト種の種族関係が大きく変化して、以前より交流が増えてるんだ」

「ふぅん……もしや、それでアンタ、『陛下』なんて呼ばれているのかい？」

「ん、あぁ。そうだ。成り行きでローガルド帝国ってところの皇帝になったんだ」

「どんな成り行きなんだって話ですよね」

「ウチらも、初めて聞いた時にビックリしたっすよ」

笑って、そう言葉を挟む嫁さん二人。

「なるほどねぇ。魔王でありながら龍王になり、さらにはヒト種の皇帝にまでなったと。アンタは相当、数奇な運命を歩んでいるようだね」

我ながらそう思うよ。

生まれは異世界だし。

「それで……ちょっと前の話の続きをしたいんだが、いいか？」

「ん、アンタが聞きたいのは、神々に関する話だったね。——と言っても、アタシが知っていることは大体もう話したよ。世界には、『神』という生物が生きていた。そしてその『神代』の遺産は、この世界には幾つも残っている」

「神代……」

神代。神の生きた時代。

……そう言えば、いつかレフィが言っていたな。

魔境の森は、神が没した地である、と。

その神とは恐らく、そう呼ばれるまでに長く生き、力を持った生物だろう、と。

魔境の森も、何か関係があるのだろうか。

「アンタが、それらを知るために山の民の里へ向かうというのは、正解さ。あそこには、恐らく神代に作られたであろう遺跡が残っている。その眼《め》で確かめ、山の民から色々と話を聞いてみるといい」

山の民とは、ドワーフの別の呼び名だ。

そうか。今回の旅行は、ピッタリ俺の目的に沿ってくれているのか。

「あとは……そうだ、これも見せておこうか」

と、そう言って彼女は、片手をスッと振ってそこに空間の裂け目を生み出し、中へと腕を突っ込む。

あれは、俺のアイテムボックスと同等のものだな。

少しの間ゴソゴソと漁《あさ》る素振りを見せた後、取り出したのは、革製の手帳らしきもの。

「へぇ……そんなものを持ってるってことは、人化の術は結構使うのか？」

「あぁ、現地調査をする際は、このヒト種の身体《からだ》の方が便利なことが多くてね。龍の身体は、戦いには最適なものだが、それ以外のことにはあまり向かないんだよ。書くこともままならないしね」

……レフィも、同じようなことを言っていたな。

なるほど、だから彼らは、ヒト種の肉体になれる『人化の術』を開発したのかもしれない。

「これは、アタシが見てきたものの記録だ。アンタ、龍族の文字は？」

そう言って彼女は、俺に手帳を渡す。

「あぁ、一応な」

「お、博識だねぇ。レフィシオス嬢ちゃんに教えてもらったのかい？」

「そんなところだ。……読ませてもらっても？」

「好きに読んでおくれ。神に関する記録は、後ろの方に書いてるよ」

「おにーさん、僕も見せて」

「ウチも！」

「……エンも」

「はいはい」

俺は、エンを膝《ひざ》の上に乗せてやり、左右から顔を寄せてくる嫁さんらが見やすいように手帳を開き――と、正面に座っているシセリウス婆さんが、微笑《ほほえ》ましそうに笑う。

「本当に仲が良いんだねぇ、アンタら」

「家族だからな」

肩を竦《すく》めてそう答え、俺は手帳を読み始める。

書かれているのは……スケッチが多いな。

何かの遺跡らしい建造物や、遺物っぽい謎のアイテム。珍しい生物や、美味《おい》しかったらしい食事のスケッチなども描かれている。

食道楽なんだな、この人。良い趣味だ。

「うわあ、シセリウスさん、とっても絵が上手ですね！」

「この情報量、レイラが見たら大喜びしそうっすねぇ」

「目を爛々《らんらん》に輝かせてそうだよね」

「……これ、とっても美味しそう」

「ホントだな。帰ったら、レイラに作ってもらうか」

スケッチの隣には詳細な説明文が書かれており、神代に関する考察もあった。

大枠は、彼女自身が話していたものと一緒だ。

古い遺跡には、神々の暮らしについての記述がされているものがあり、その内容が大陸の真反対にある遺跡でも、同じように書かれていたりすることがあるらしく、故に間違いのない情報なのだろうと推測していた。

完全に異なる文化圏で、全く同じ記述である。

である以上、元となる出来事は確かにあったのだろう、と。

そうして、先を読み進めていき――俺は、そのスケッチを発見する。

「――！　これ……」

「何か気になるものがあったかい？」

「……あぁ。この、剣は？」

そこに描かれていたのは、説明文で、『神剣』とされているモノ。

だが、そこに刀身はない。

ボロボロの、まるで骨のような見た目の柄《つか》と鍔《つば》のみがあり、説明がなければ何だかわからないような形状である。

「それは、神剣という、神々の一柱が使っていたらしい武器のスケッチだよ。一見すると全然剣っぽくはないんだが、とある遺跡でそのまま描かれていてね。確かそこには、『戦をもたらすモノ』と記述があったよ。刀身がないんだし、どちらかと言えば平和を象徴してそうなんだけどね」

「……いや、多分、これが第一形態だからだな。魔力を流し込んで、第二形態になると、刀身が形成されるんだろうよ」

俺の言葉に、シセリウス婆さんは瞳《ひとみ》に興味深そうな色を見せる。

「へぇ……？　何か知っていそうな口ぶりだね」

俺は頷《うなず》き、アイテムボックスを開く。

そして、中から取り出したのは、神槍《しんそう》と、少し前に羊角の一族の里で貰《もら》った、神杖《しんじょう》。

「！　それは……」

「これは、神槍と、神杖だ。多分、その神剣と同シリーズと言うべきものだな」

「うわ、何それ。おにーさん、そんな武器も持ってたんだ」

「何だか、恐ろしい武器っすねぇ……杖の方は、もしかして羊角の一族の里で、エルドガリアさんに貰ったっていうものっすか？」

「おう、その通りだ。相当やべぇ武器だから、アイテムボックスからは滅多に出さないようにしてるんだ。――んで、神槍の方は、龍の里でローダナスに貰ったんだが……」

「……なるほど。ローダナスの爺《じい》様め、こんなものを隠し持ってたのかい」

「これのことは、知らなかったのか？」

すると、シセリウス婆さんは頭の痛いような表情で答える。

「その武器は、恐らく龍王となったアンタが、何らかの口伝によって貰ったものだろう？」

「あぁ、何十代か前の人間の龍王が残してくれたものだって聞いた」

「だったら、アタシには何があっても教えなかっただろうさ。あの爺様、結構頑固でね。……そうかい、里にもこんな面白そうなものがあったのかい。龍王、見せてもらっても？」

「勿論《もちろん》だ」

両方とも渡すと、彼女は一つずつ丁寧に、隅々までを確認していく。

「……質感、意匠、クセ、間違いない、同一の作り手だね。両方骨製のようだけど、ただ秘める魔力の質に差異がある。素材となったものが違うのかい？　そして、全体に仕掛けられた魔術回路の精度。緻密《ちみつ》なんてもんじゃない、この無機質なまでの規則正しさは、到底只人《ただびと》がやっていい領域じゃあないねぇ」

解析に没頭している彼女の瞳が、だんだんと輝いていく。

口元の綻びが大きくなっていき、やがてそれは、満面の笑みとなっていた。

「魔力を流し込むと、変化するって言ったね？」

「あぁ、けど、やるなら気を付けてくれ。マジで危ないんだ、その武器。杖の方は使ったことないからわからんが、槍の方は、龍族の鱗《うろこ》でも簡単に貫通させられるってレフィが言ってたんだ」

「ふむ、確かにそれくらいの能力はあるだろうね。わかった、気を付けよう」

そう言うとシセリウス婆さんは、フッと手を振り、瞬間場の空気が変わったのがわかる。

多分、万が一に備え、何か防御用の魔法を張ったのだろう。

そうして準備を整えたところで、彼女はまず槍に魔力を込めていく。

すると、あっという間に第二形態へと変化し、隅から隅まで観察した後、またあっという間に魔力を抜いて第一形態へと戻す。

次に杖を手に取ると、同じようにあっという間に第二形態にし、確認して、第一形態へと戻す。

……本当に、ずば抜けた魔力操作だな。

龍族だから――いや、レフィにはこんな繊細な作業は絶対に出来ないので、シセリウス婆さんの個人技が凄《すさ》まじいのだろう。

ポテンシャルのある種が、そのポテンシャルを遺憾なく発揮すれば、これだけのことが出来る訳か。

レイラのお師匠さんの時もそうだが、やはり年寄り程、経験が豊かになってそういう技術に優れていくのだろうか。

「フゥ……なるほど。楽しいねぇ、これだから世界は最高なんだ。何ともまあ、心躍ることか。ありがとう、龍王《りゅうおう》。良いものを見せてもらったよ」

「何か、わかったことはあったか？」

返してもらった二つをアイテムボックスに突っ込み、そう問い掛けると、彼女は爛々と輝く瞳で答える。

「その二つは戦いの道具。杖はモノによっちゃあ違うが、今見せてもらった奴《やつ》に関して言えば、戦闘用に作られたことがわかる作りだった。つまり、敵がいたということ。これだけの品を、ただ鑑賞用に作った訳でもないだろうしね。――何かがあったんだ。遥《はる》かなる過去に、このような武器を作らなければならなかった、何かが」

「…………」

神剣の記述にあったという、『戦をもたらすモノ』。

何か、関係があるのだろうか。

「それが何かは、わからない。アタシも色々と見てきたし、調べてきたが、それらしい記述には覚えがない。けれど……今のアタシならば、前よりも多くの情報が得られるはず。ここから調査のやり直しだね。いやぁ、俄然《がぜん》楽しくなってきたよ！」

そう言って彼女は、「よいしょ」と立ち上がる。

「？　どうした？」

「結構長くいちゃったから、アタシはここらでお暇《いとま》させていただくよ。あんまり長居すると、アンタ達はともかく、他の子達がちょっと可哀想《かわいそう》だ。何より、今のアタシには、じっとしていられない大きな理由が出来ちまったからね！」

「……残念。もっと、お話したかった」

「ふふ、ごめんね、ザイエン嬢ちゃん。ただ、これで完全にお別れって訳じゃあないんだ。アンタらの住む魔境の森にも興味が湧《わ》いたから、その内遊びに行かせてもらうよ」

「その時は、今度は僕達の方が美味しいお茶をご馳走《ちそう》しますね！」

「いっぱい歓待するっすよ！」

「ありがとう、ネル嬢ちゃん、リューイン嬢ちゃん」

ウチの嫁さんらが言葉を交わした後、俺も声を掛ける。

「そうか……好奇心が疼《うず》いたのなら、仕方がないな。色々教えてくれて、助かった」

「アタシの方こそ、感謝するばかりだよ、龍王。何かわかることがあったら、アンタにも必ず教えよう。レフィシオス嬢ちゃんにもよろしく言っておいておくれ。――じゃあね、アンタ達。楽しい時間を、ありがとう」

その言葉を最後に、彼女はこの場を後にし、近くで待機していた船員に聞いて外部へのハッチがある場所へと向かい――やがて、飛行船の外に巨大な龍が出現し、それがゆっくりと離れて行った。

◇　◇　◇

シセリウス婆さんが去ってから、すでに数日が経過した。

あの出会いは、本当に有意義なものだったな。

あれだけで、この旅行は正解だったと言えるだろう。彼女とは、またどこかで再会したいものだ。

何と言うか、この世界の爺さん婆さんって、カッコいいヤツが多いよな。

最初こそ色々トラブルが重なったものの、その後は何も問題なく、優雅な空の旅である。

――若干一名、壊れ始めたことを除けば、だが。

「ふろ～ふろ～おふろ～！　ふろ～ふろ～ふろ～ふろーしょとく～！　あぁ恋しいおふろ～」

「ご主人、マズいっす。お風呂《ふろ》への恋しさが爆発して、ネルの知能指数が大幅に退化し始めたっす」

「……ん、仕方がない。お風呂は定期的に摂取しないといけないもの。シィならもう、へなへなになっちゃってる」

……以前の飛行船での旅路より日数が掛かっているのだが、そのせいでネルの風呂我慢ゲージが振り切れてしまったようだ。

「お、おう、落ち着け、ネル。今から向かうドワーフの里は火山地帯にあって、つまり土地柄、温泉が湧いてるらしいんだ。だから、着いたら即行で入りに行こう。な？」

この飛行船に乗っていた、少し仲良くなった商人ドワーフに聞いた話だ。

里は火山の麓《ふもと》に存在しており、故に天然の湯がそこかしこで湧いているため、それを観光資源にしているのだとか。

俺の言葉に、椅子に座りながら、変な恰好《かっこう》で壁にもたれかかっていたネルは、ガバリと立ち上がる。

「ホント⁉　うおー、温泉だー！　リュー、エンちゃん、お風呂だよお風呂！　我々の主食であり、日常に欠かせない癒《いや》し！　そう、お風呂とは精神安定剤なのだ！」

「ネル、ウチもお風呂は大好きっすけど、残念ながらそれを食料としているのはネルとシィちゃんだけっす。いや、シィちゃんも別に食べてる訳じゃないと思うので、厳密にはネルだけっす」

「細かいことはいいの！　僕達はみんな、お風呂に生かされ、お風呂に守られているんだよ。そう、みんなでお風呂を崇《あが》めよう……」

風呂に守られるとは。

「……お前、そんなのに国ではよく我慢出来るな。向こうの家には、特に風呂が備わってる訳じゃないんだろ？」

ネルが、アーリシア王国で過ごす部屋には、風呂は付いていないと聞いている。

というか、そもそもこの世界、風呂自体高級品なのだ。

毎日入るなんて贅沢《ぜいたく》が出来るのは、それこそウチとか、火山地帯とか、特殊な環境の家に限るのである。

「あぁ、えっとね、前は我慢してたけど……ダンジョンの我が家で、お風呂がある生活が染み付いた今はもう全然我慢できないから、実はわがままを言って寮にお風呂作ってもらっちゃったんだ。珍しく言ったわがままだったから、結構すんなり要望が通ってね。えへへ」
コ、コイツ、風呂好きなのは知ってたが、まさかそこまでの風呂過激派だったとは……。
ま、まあ、ネルも『勇者』という要人であることは間違いないし、そんな要望が通るくらいには偉いのかもしれないが……なんかちょっと、教会の面々に申し訳ない気分である。

その時のネルはきっと、ガチの目をしていたことだろう。

決して「否」とは言えないような雰囲気で。

「……あれっすねぇ。ネルもやっぱり、ウチの人っすねぇ」

「……ん、同意。家でよく見る目をしてる」

「言われてるぞ、ネル」

「ふははは、何とでも言うがいいさ！　僕こそがお風呂戦士であり、お風呂魔王なのだ！　全《すべ》てはただ、お風呂のために！」

――そうして、風呂過激派を三人で宥《なだ》めていた数時間後。

飛行船は、ドワーフの里へと到着した。

◇　◇　◇

ドゥ、と、濃い赤色が、流れていく。

「おぉっ、すげぇ……初めて見た」

「……とっても暑そう」

「ウチは、何回か見たことあるっすねぇ。ここから獣人族の里が近いんで、こっちにも訪れたことが数回あるんすよ」

「よくあんなところに、里を……良い湯が沸きそうだね！」

「おう、もうちょっとだけ我慢してくれたまえ、風呂過激派よ」

飛行船の窓から覗《のぞ》くのは――マグマ。

ドロドロで、グツグツと煮え滾《たぎ》ったマグマが山から流れ落ち、火を噴いている。

屹然《きつぜん》と聳《そび》え立《た》つあの山は、活火山なのだろう。

そして――その山の麓に、ドワーフの里は存在していた。

里というか、規模的には普通に都市だな。

あの街を表す言葉は……『熱』と、『鉄』だろう。

至るところに煙突があり、煙が昇っており、すぐ近くに坑道があるのも窺《うかが》える。

全体的に工業的な雰囲気で、鍛冶《かじ》を生業《なりわい》とする種族特性がよくわかる街の様相だ。

流れ続けるマグマから、そう離れてはいない位置に街が形成されているのだが……何か魔法で街を守っているのだろうか。

「ハハハ、えぇ、良い湯は沸きますよ。火山特有の臭気がありまして、観光にいらっしゃる方の中には、それが苦手という方もいるのですが、湯の効能は保証いたしますよ」

物腰柔らかな様子でそう話すのは、飛行船内で仲良くなった、ラァダという名の商人ドワーフである。

ただ、以前戦争で見た、髭面強面《ひげづらこわもて》のこれぞドワーフ！　といった見た目ではなく、かなりこざっぱりとした身綺麗《みぎれい》な恰好をしている。

色々な国へ行って商談をしているそうなので、身なりには気を遣っているのだろう。

どうも、以前に知り合ったドワーフ族の王、ドォダの親類であるらしく、その関係でローガルド帝国に赴いており、たまたま俺達と同じ便で帰宅する予定であったようだ。

「へぇ、ネルじゃないが、俺も楽しみだな。やっぱりこういう旅路には、温泉は不可欠だし」

「……ん。湯に浸《つ》かるという行為は、日常の切り替えにおいて非常に重要なもの。そこで疲れを取り、一日の終わりを感じて、明日にワクワクして眠る」

「お、良いこと言うじゃないか、エン。その通りだ」

「ラァダさん、『宝石坑道』は変わらずっすか？　出来ればご主人達に見せてあげたいと思ってるんすけど……」

「ええ、勿論《もちろん》何ら変わりなく。……あぁ、リューイン奥様は、ギロル氏族の出身でいらっしゃいましたね。ご親族の方と一緒に、訪れたことが？」

「はいっす、父の仕事の関係で来たことがありまして、一緒に観光もしたんすよ」

ラァダとそう会話を交わすリューを見て、俺は意外な思いで口を開く。

「リュー、お前……本当にお嬢様だったんだな？」

「そ、そう言われると恥ずかしいっすけど、まあそうっすね。一般的に言ってそういう立場でした。えへへ、どうっすか？　見る目が変わったっすか？」

「見る目が変わったというか、お嬢様の概念の方が俺の中で崩れた」

「どういう意味っすか!?」

むー、と怒り、頬《ほお》を引っ張ってくるリューに笑っていると、ネルがパンパンと手を叩《たた》く。

「ほらほら、じゃれるのは後にして、部屋に戻って下船の準備だよ！　すぐに降りれるようにしておかないと！」

「……急に活《い》き活《い》きし出したな、お前」

どんだけ温泉にワクワクしてんだお前は。

思わず生暖かい目をしてしまった後、気を取り直して俺は、ラァダへと言葉を掛ける。

「ラァダ、そういう訳で俺達、降りたらいの一番に温泉に浸かりに行きたいんだが……どこか良いところ知ってたりしないか？」

「わかりました、では里一番の湯にご案内しましょう。宿付き、でよろしいでしょうか？」

「あぁ、そうだな、その方がいい。悪いな、助かるよ。特に段取りも整えず急にこっちへ来ることにしたもんだからさ」

「この人、いつもこうなんですよ、ラァダさん」

「行き当たりばったりな人なんすよ。ご迷惑をお掛けするっす」

嫁さんらの言葉に、ラァダはニコニコしながら答える。

「いえいえ、こうしてあなた方と出会え、顔を売ることが出来たのは、商人にとって千金を費やす価値のあることでしょうから。我々にとって、むしろこうして頼っていただけたことは、ただただ光栄ですよ。お気になさらず」

そう彼と話している内に、飛行船は発着場へ降り立ち――俺達はドワーフの里に足を踏み入れた。

◇　◇　◇

その後、ラァダの手配のおかげで、俺達は特に待たされることもなく、スムーズに宿の一つにチェックインし、そのままネル念願の温泉へと直行した。

ドォダの親戚《しんせき》だとは言っていたが……ドワーフ達の中では、ラァダも結構な権力者であるのだろう。

本当に、彼が一言二言受付に伝えただけで、俺達のチェックインが終わったからな。

また、俺の護衛兵士達は全員ローガルド帝国へと帰ったのだが、警備に関するアレコレの事務的な手続きも、俺達が温泉を堪能している内にラァダが済ませてくれたようだ。

彼は俺達と知り合えて良かったと言っていたが、こっちとしても彼と知り合うことが出来たのは、良かったと言えるだろう。

人脈は、力だ。この世界に来てから、そのことを強く感じている。

そうして温泉を楽しみ、よく休んだ——翌日。

「よく来てくれた、魔王！　ラァダから聞いたが、何やら道中大変だったようじゃな」

そう話すのは、ドワーフ族の王、ドォダ。

今朝《けさ》、朝食を取っている内に案内のドワーフが現れ、俺だけこのドワーフ王の領主館を訪れていた。

ウチの嫁さんらは、現在別行動をしており、里の観光を楽しんでもらっている。

「あぁ、なかなか面倒はあったが、ここの温泉に入って疲れは吹っ飛んだよ。良い湯だった」

「おう、そいつぁ何より。この地の売りじゃからな。この里にいる間、存分に堪能してくれ」

「あと、ラァダには世話になった。こっちでの手配を色々してくれて、本当に助かった。感謝してるよ」

「ガッハッハッ、ウチのモンが助けになったのなら、俺としても鼻が高《たけ》えってもんじゃぜ。アイツはドワーフにしちゃあ細やかな気遣いの出来る奴《やつ》でな。本業は商売人なんだが、儂《わし》らにとっても重宝する人材でよ」

豪快に笑う、ドワーフ王。

そう、一通りの挨拶《あいさつ》を交わしたところで――俺は、問い掛ける。

「……それで、あー、ドワーフ王。このドワーフさん方は？」

現在この領主館には、俺とドワーフ王以外にも多数のドワーフ達がおり、こちらの会話を静かに聞いている。

ただ、なんかすげー見られており、ちょっと、いや大分落ち着かない。

「あぁ、お前さんが鍛冶の腕が一流って話を以前にしたんだが、今日ここに来ると聞いて、こうして集まりやがってな。悪いんだが……その鍛冶の腕、バカどものために、見せてやっちゃあくれねぇか？」

「鍛冶？」

「おう」

バカどものため、と言いながら、一番目が輝いてるのはあなたなんですが。

「……つっても、俺が出来るのは『武器錬成』のスキルだけだぞ」

「おうよ、それで構わねぇ。前に話したと思うが、儂らにとってそのスキルは、初代ドワーフ王のみが自在に扱えた、言わば伝説の技術。実際に見ることが出来るとあっちゃあ、何が何でも見てぇってのがドワーフってモンじゃぜ」

少年のような、憎めない非常に楽しげな笑みを浮かべる彼に、俺は苦笑を溢《こぼ》す。

この様子なら、エンを嫁さんらに預けといて正解だったな。

ウチの子が人気になり過ぎて、身動き出来なくなってたかもしれん。

しょうがない、世話になる訳だし、何か作ってみるか。

「わかった、それじゃあ――ドワーフ王、アンタの武器はハンマーだったか？」

「うむ、コイツだ」

そう言って彼は、壁に立てかけてあったハンマーをこちらへと渡す。

受け取ったソレは……ん、いい重さだ。

エンと同じように、ズシリと来るかなりの重量をしており、美麗な彫刻が施されながらも決して実用性は失われておらず、あくまで戦闘用の武器だということがわかる。

すげーカッコいいハンマーだな。

流石《さすが》、鍛冶を生業《なりわい》とする一族の作品である。

「サンキュー、いいものを見せてもらった」

「おう、お前さんにゃあ、ザイエン嬢ちゃんを見せてもらったことがあるからな。そうだ、お前さんの嫁さんらと嬢ちゃんは？」

「今は里の方を回ってもらってる。後で挨拶させるよ。アンタらにエンを見せたら、もう身動き出来なくなってたろうし、その方が正解だろ？」

「ガッハッハッ、そうだな、間違いねぇ！　ザイエン嬢ちゃんもまた、その存在自体が伝説級のシロモノ。ウチの奴らぁ、今こそ大人しくしてやがるが、そうなったら止めらんなくなるだろうな」

愉快そうに笑い、肯定するドワーフ王。

——そこで俺は、一旦《いったん》会話を切り上げ、集中する。

……せっかくだ、一本ハンマー作って、手土産《てみやげ》代わりじゃないが、ドワーフ王にあげるか。

素材は、希少金属だがＤ Ｐ《ダンジョンポイント》のコストパフォーマンスが良く、故に俺が使い慣れており、常にアイテムボックスに突っ込んであるアダマンタイトが良いだろう。

高級ではあるが、使い勝手の良い魔法金属だ。

ただ、先程見せてもらった通り、ドワーフ王はすでに最上の一振りを持っている。使い道のないものを贈りたくはない。

であれば俺は、もうちょっと尖《とが》った運用のものでも作るとしようか。

普段使えるものではなく、特定の状況のみで使えるもの。

造形は……。

思考を巡らせ、細部を決めた俺はアイテムボックスからアダマンタイトを取り出すと、魔力を十分に行き渡らせ——そして、スキルを発動させた。

数瞬の後、そこに生み出される、一本の槌《つち》。

おぉ、という背後のドワーフ達の声を聞きながら、俺は出来上がったソレを、ドワーフ王へと渡す。

「コイツはアンタ用に作った。手土産という訳じゃないが、受け取ってもらえると助かる。銘は、『轟砕《ごうさい》』。デカいヤツを相手にしなきゃならん時に使ってくれ。例の、冥王屍龍《しりゅう》のようなのを相手にする時とかな。かなり重いが、アンタなら使えるだろう？」

轟砕：魔王ユキの作成した、黒の大戦槌《せんつい》。困難を打ち砕き、前へと道を切り開くための槌。
品質：S-。

尖った運用が出来るもの、と言っても、ドワーフの彼ら程武器の造形に理解がある訳ではない俺では、何か凝ったものを作ろうとしても一段下のものにしかならないだろう。

勝負するならば、別のところで。

そして、俺が出来ることと言えば、やはりデカく、重く。

魔王の魔力を込められるだけ込め、ドワーフの膂力《りょりょく》でも振るうのはギリギリであろう重量のものを。

生半可な力の持ち主ならば、もはや持ち上げることすら出来ないだろうが……以前にエンを軽々と持ち上げてみせたドワーフ王ならば、この槌も自在に扱えることだろう。

俺から轟砕を受け取ったドワーフ王は、職人の目つきとなり、細部へと視線を走らせる。

それから数度素振りを行った後、やがて満足したのか、コクリと一つ頷《うなず》く。

「……うむ、良いものじゃ。ありがたく、受け取らせてもらおう」

彼の言葉に、背後のドワーフらから、再びおぉ、というどよめきが聞こえてくる。

……今のは何のどよめきだ？

俺が怪訝《けげん》に思っている間に、ドワーフ王は自身の部下達へと声を掛ける。

「さあ、お前《めえ》ら、見てぇモンは見たな。今の魔王の技、その眼《め》に焼き付けておけよ。こっからは真《ま》面目《じめ》な話になる。全員仕事に戻れ」

そうして、興奮冷めやらぬ様子のドワーフ達が全員退散したのを見てから、残ったドワーフ王は口を開いた。

「それじゃあ、本題に入ろうか。お前さんは、どういう理由でこの里へ？」

「あぁ、実は今、神話に関して調べてるんだ。そういうのは、一か所に留《とど》まっててもわかんねぇだろうから、色々行ってみようと思ってな。それで、前に遊びに行かせてもらうって約束もしたし、せっかくだからこの里に来させてもらったんだ」

俺の言葉に、ドワーフ王はジッと考える素振りを見せてから、返答する。

「ふむ……わかった。なら、今からお前さんを、儂らが崇める祠へと連れて行こう」

◇　◇　◇

その後、ドワーフ王に連れられた先は――山。

里の、すぐ裏に屹立《きつりつ》していた山である。

幾つもの坑道が存在し、観光目的として、一般に開放されている通路も多くあるようだが……現在通っているここは、多分一般には開放されていないんだろうな。

通路の壁一面に輝くのは、宝石のような鉱石群。

明かりなど一切設置されていないのだが、鉱石群が放つ七色の輝きで足元が暗いということはなく、普通に前が見えている。

なかなかファンタジーで、胸に来るものがある光景だ。

「……とても、綺麗《きれい》」

「ね、ビックリだよ。こんなところがあるなんて……これが、リューの言ってた宝石坑道？」

「はいっす！　……いやでも、ウチが知ってるものより、色がもっと鮮やかな気がするっす。ここが特別なんすかね……？」

「おう、良い目をしてるな、獣人族の嬢ちゃん。ここのは、一切採掘してねぇのに加え、他の坑道より魔力の質が良いから、鉱石の輝きが良いんだ」

ウチの嫁さんらの言葉に、そう答えるドワーフ王。

別行動を取っていた彼女らだが、「良いモン見せてやるから、せっかくだから呼んだらどうだ」というドワーフ王の言葉に甘え、こうして合流したのだ。

「へぇ……これが、全部鉱石なのか」

「この鉱山の特性でな。同じ石でも、魔力の吸収の仕方で色味が変わるんだ。この通路を見せてやれるのは今だけじゃが、後で表の方の宝石坑道も見ていくといい」

そんな感じで、雑談を交わしながら歩くこと数十分程。

「さ、着いたぜ。ここが、この霊峰の深奥じゃ」

彼の言葉の後、通路の出口へと辿《たど》り着《つ》き、目の前が開け――瞬間、今までとは比べ物にならない程の光が飛び込んでくる。

熱。赤。

煮え滾《たぎ》り、火の粉を放つ、ドロドロのマグマである。

通路は魔法で保護しているのだろうが、それでも汗すら燃え上がりそうな程に暑い。

何もない状態だったら、すでに身体《からだ》が発火してるだろうな。

そして、この道の続く先には——祠《ほこら》が、一つ。

シンプルで小さな祠だが、この空間全《すべ》てがあれのために存在しているかのような、非常に神聖な、圧倒される荘厳さがある。

祠の中心には、古びた石板が置かれており、どうやらあれを祭るためのものであるようだ。

石板に彫られている文字は……『触《フ》レヨ』、か。

触れよ？

祀るにしては、変な文字だな。

「アンタが見せようとしたのは、これか……？」

「おう、つっても何も彫られてねぇ、のっぺりとした石だがな」

「え？　文字が彫られてるだろ？」

「あん？　文字？　……お前さん、コイツが読めるのか？」

そこで、ドワーフ王は非常に真剣な顔つきとなり、俺を見る。

「……あぁ。触レヨ、だ」

彼は、ジッと俺を見詰めた後、それから石板の方へと視線を送る。

「……ドワーフの王にゃあ、一つ言い伝えがあってな。神を探す者がいたら、ここに連れて来いっつーものなんだが……そうか、お前さんが……」

何事か、納得したような様子を見せてから、ドワーフ王は言葉を続ける。

「魔王、あれに触れてみてくれ」

「……わかった。エン、一緒にいてくれるか」

「……ん。当然」

擬人化を解き、担いでいた刀へと彼女が戻ったのを見てから、俺は他の三人に声を掛ける。

「三人は、ちょっと下がっててくれ。何があるかわからん」

俺の言葉を聞き、ドワーフ王が怖いくらいの真剣な顔で、ウチの嫁さん二人がちょっと緊張した様子で下がったのを見てから、石板の前に立つ。

文言が示す通り、恐る恐る右手で触れると、瞬間その文字が消え、新たに別の文言が浮かび上がる。

この感じ。これは……そうか。

これは、ダンジョンのメニュー画面と同質のものだ。

形状が石板というだけで、俺がいつも使っているものと同じである。

俺には、これを操作する簡易権限が付与されている。

多分、シセリウス婆さんもここには来たのだろうが、彼女には何も起きなかったのだろう。

条件は、魔王であるかどうか、だろうか。

変化して、浮かび上がった文字は――『神ヲ冠セル武具ヲ』。

神を冠せる？

……もしや、神槍《しんそう》と神杖《しんじょう》のことだろうか。

俺はアイテムボックスから両方を取り出し、すると、どうやらそれが正解だったらしい。

突如、何か引力のようなものが働き、その二つは俺から離れていき、石碑の前にひとりでに浮かんで佇《たたず》む。

そして、石碑の文字がさらに変化した。

『唱エヨ。彼《カ》ノ真名ハ、ルィン。彼ノ真名ハ、ケリュケイオン』

「ルィン、ケリュケイオン……？」

その瞬間だった。

俺の意識が、一瞬空白となる。

ぐにゃりと、天地がひっくり返るような不快な感覚。

「ッ……」

あまりの急激な変化に、俺は立っていることが出来なくなり、エンの刀身にもたれかかるようにして膝《ひざ》から崩れ落ちる。

――いや。

俺は、崩れ落ちなどしていなかった。

俺は、その場所に立っていた。

全てが白。彼方《かなた》まで、全てが白く、何もない空間。

上下がわからない。平衡感覚が定まらず、果たして俺は、真《ま》っ直《す》ぐ立っているのか、斜めに立っているのか、逆さまに立っているのか。

静寂。

——導キ手ハ、吾《われ》カ。

いつの間にか、俺の目の前に、ソレがいた。

髑髏《どくろ》。骨の身体。

腕らしきものは数本あり、尻尾《しっぽ》と角も見える。

ヒト種からは、大分外れた異形なナリの、ソレ。

圧倒的な、圧《お》し潰《つぶ》されてしまいそうになる、その存在感。

だが、俺はこれを知っている。この感覚を、感じたことがある。

一度、散々な目に遭いながら、武器として使用したのだから、たとえ見覚えのないナリをした相手でも、見分けはつく。

「神槍か」

俺の言葉に、ソレは。

神槍は、ゆっくりと首を縦に振ったのだった。

◇　◇　◇

聞きたいことは、それはもう数多《あまた》ある俺だったが……しかし、俺が口を開くよりも先に、神槍――本当は『ルィン』という名らしい骸骨《がいこつ》の神様は、スッと骨の指を真っ直ぐ伸ばす。

釣られて視線をやると、いつの間にかそこには、何か球のような光が浮かんでいた。

何もない、本当にただの光としか表現できないもの。

純粋な力の塊、といった印象を受ける。

俺が怪訝に思っていると、そこに変化が訪れる。

突如ふわりと現れる、人影。

顔はわからない。何か、シルエットのような見た目だ。姿形からして、女性だろう。

その女性は、ゆっくりと手を伸ばすと、光に手を触れ――次の瞬間、彼女らの足元に大地が生み出される。

大地。

どこまでも岩肌の、土の地面。

だが、変化はそこで終わらず、数瞬した時には、今度は生命力を感じさせる鮮やかな緑がその上に生み出される。

青々と生い茂る木々が森を形成し、窪《くぼ》んだ大地に水が溢《あふ》れ出して海となり、最後に太陽と月が頭上に昇っていって空が形成される。

何もなかったそこには、もう、世界が生み出されていた。

……これは、この世界の神話だろうか。

以前レイラ達に聞いた話と、非常に酷似している状況だ。

となると、あの女性は女神『ガイア』で、光の球が――始原の神『ドミヌス』か。

ルィンを見ると、彼は次に別の方向へと指を向ける。

そちらは……さっきのとは別の場面だな。

女神ガイアが、何か祈るようなポーズをしており、すると次の瞬間、そこに新たな影が生み出される。

数は、八。

やはり顔は見えないものの、それぞれ造形が異なっており……わかる範囲では、人間、ドワーフ、エルフ、獣人族がいるだろうか。

ちょっとわかりにくい形のヒト型も三体いるのだが……あれは魔族か？

現在の魔族は非常に数が多く、ただ『魔族』として一括《くく》りにされているが、神話の時代は違ったのかもしれない。

シルエットからして、ほとんどが男だ。女性は、人間と、魔族っぽい三体の内の一体のみ。

一つだけ四本足の、身体《からだ》がデカい神様がいるようだが、あれは龍だろうか。角と尻尾、そして大きな翼があるのがわかる。

あの八体が――いや、八柱が、最初の生物であり、神だったのか。

「アンタは……あの、魔族っぽい三柱の中に？」

俺の言葉に、ルィンはコクリと頷《うなず》き、骨の指で端の一体を指差す。

当たり前だが、彼は、あー、彼だよな？

うん、まあ合ってるだろう。彼は、元々骸骨という訳ではないんだな。

「神杖の方は？」

すると、今度はエルフらしきシルエットを指差す。

あれが……。

アンタは出て来たのに、神杖――ケリュケイオンの方は出て来ないのかと聞きたかったのだが、その前にシルエット達が動き出す。

生み出された八柱は、各々眷属《けんぞく》を増やす能力を持っているらしく、大地にどんどんとヒト種が増えていく。

この間、女神ガイアは彼らに対し、基本的に不干渉のスタンスだったみたいだな。

常にドミヌスと共におり、魔物などの新たな生物を生み出し、世界を広げることに集中していたようだ。

やがて、出来上がったばかりの世界にてヒト種は、神々に導かれながら、今と比べれば規模は小さいものの『国』を形成する程に数を増やしていった。

こうして、世界が始まったのか。

……今更だが、俺は今、とんでもないものを見せられているらしい。

「けど……これを今俺に見せるのには、理由があるのか……？」

そう問い掛けると、ルィンは待てと言いたげにこちらへ手のひらを向けてから、また別の方向へと骨の指を向ける。

まだ続きを見ろと、言いたいのだろう。

促された通りに顔を向けると、そこにいるのは二人。

女神ガイアと、生み出された八柱の中での、魔族っぽい一柱である。

魔族っぽいと言っても、ルィンではない。別の神様だ。

その彼が、何かを女神ガイアに向かって懇願している。

内容は……自らの眷属に関することだろうな。

何やら女性の亡骸のようなものを胸に抱いており、涙を流しているのがわかる。

あの様子からすると、死者の蘇生《そせい》でも懇願しているのかもしれない。

だが、その訴えは聞き入れられなかったようだ。

女神は悲しそうにしながらも首を横に振って拒絶し、その一柱の前から離れて行った。

残された魔族の神は、呆然《ぼうぜん》とした後に地面に跪《ひざまず》いて慟哭《どうこく》し、しばらくの間涙を流し続け――そして、武器を生み出した。

自らの肉体から、魂の欠片《かけら》のようなものを取り出し、それを『武器錬成』スキルっぽい力を用いて変化させ、武器としたのだ。

形状からして、あれは長剣か。

「神剣……」

武器とは、戦いのための道具。

相手を倒し、自らの願いを力で押し通すためのもの。

あの神様は、いったい、どういう思いで武器を生み出したのか。

……『戦をもたらすモノ』、か。

すると、その魔族の神が生み出した種族もまた、他種族に敵対的となり……そこで、世界が生まれてから初めての争いが起こった。

恐らく、魔族と人間だろう。

何が理由かはわからないが、その後の流れで、魔族側が人間を殺してしまったらしい。

そのことに怒った人間の神は……恐らくネルんところの女神様だな。

彼女は、魔族の神に抗議を行ったようだ。

それに対し魔族の神は――真《ま》っ直《す》ぐ、自らが生み出した剣の切っ先を、人間の女神へと向けた。

だが、斬りかかることはしなかった。

静かに、彼女に向かって口を開く。

怒りを見せていた人間の女神は、次に驚いた様子になった後、悲しそうにツー、と涙を流し、何事かを魔族の神に問い掛ける。

魔族の神は、フルフルと首を横に振り、人間の女神へと言葉を返す。

それを最後に二人は別れ、見せたいものが終わったのか、シルエットが全《すべ》て消え去る。

……大分簡略化して見せられているので、詳しいことはわからない。

俺がわかるのは、大雑把な流れだけ。

それでも——理解出来たことはある。

「争ったのか。神々で」

ルィンは、ゆっくりと首を縦に振る。

……神槍もまた、あの神剣と同じように、その争いの過程で生み出されたのだろう。

「となると、ここにいるアンタも、さっきの剣みたいに魂の欠片なのか？」

彼は再び頷いて肯定した後、次に両手を広げ、空間に二つの陣営らしきものを生み出す。

女神ガイアを守るようにしている、人間の女神側の陣営と、それを狙《ねら》う魔族の神側の陣営である。

関わっていないのは、龍神《りゅうじん》だけだな。

その中でルィンは……どうやら、後者の魔族の神側に付いたようだ。

「アンタは、魔族の神の味方になったのか」

この流れを見れば、詳しくはわからずとも、あの魔族の神には武器を手に取るだけの重い理由があったことが理解出来る。

槍《やり》の中にいたこの神様にも、きっと、同じだけの理由があったのだろう。

そこで、ここまで全てを映像のようなもので説明していた彼は、この場所に来てから通算二度目の口を開いた。

――反抗期デナ。
「反抗期かい！」
思わずそうツッコんでしまってから、ハッとするが……恐らく笑っているのだろう。
見ると、ルィンはくつくつと楽しそうに、肩を揺らしていた。
ぐっ……こ、この神様、意外とやるぞ。
ひとしきり愉快そうに笑った後、満足したのか、ルィンは言葉を続ける。
――始原ノ神、求ムルハ混沌也《コントンナリ》。混沌ニヨリ、万物ハ発展ス。
混沌……つまりは、多様性のことか。
それが、発展のために必要な力、と。
そうなのかもしれない。
全てが全て、同じ方向を向いているだけでは、何も前には進まない。
他者と違うことが、発展のための力なのだろう。
この世界そのものであるドミヌス自身が、それを望んだのか。
――ソレ故ニ、愛ハ在リ、争イハ在ル。混沌タル生物ノ性《サガ》デアル。
性か。そうだな。
この世に同じ存在など一人もおらず、だからこそ他者を愛するし、争うこともある。
俺がレフィと日々喧嘩《けんか》し、それでも愛し……ん、まあ、そういうことだ。
神様らしい、本質を突《つ》いた良い言葉だ。

「……つまり、アンタにも思うところがあったからこそ、魔族の神に協力したってことか」

さっきは反抗期だなどと冗談を言っていたが、やはりそれだけではなかったのだろう。

この神様にも、自らの命を賭す程の、信念がそこには存在していたのだ。

ルィンは、笑う。

――フ、全テハ遥《ハル》カナル過去。終ワッタ事也。ソレヨリモ今ハ、未来ノ話ダ。ケリュケイオン、奴《ヤツ》モソレヲ望ムダロウ。

「……まず、先に聞きたい。ケリュケイオンは、神杖の中には、いないのか？」

――然《シカ》リ。然《サ》レド、奴ガ残シタルモノ、弐《フタ》ツ。片方ハ、後程。モウ片方ハ、今伝エヨウ。

「伝言、のようなものか？」

――然リ。次ノ、杖ノ所有者へ宛《ア》テタモノダ。曰《イワ》ク、「本当ハ渡シタクナイガ、仕方ガナイ故、私ノ杖ヲ、クレテヤル。粗末ニ扱ッタラ、神ノ力デ祟《タタ》ルゾ」、ト。

その俗物感のある伝言に、俺は思わず苦笑を溢《こぼ》す。

「あんまり、残しておいてほしくない伝言だな」

神の力で祟るって。おっかねぇわ。

――クックッ、奴ハ、頑固デ偏屈デアッタ故ナ。

愉快そうに、肩を揺らすルィン。

……本当に、楽しそうな神様だ。

「……それで、未来の話って言ったな」

ルィンは、頷く。

——貴様ハ、選バレタ。命ノ継承者ニ。

——貴様ハ、箱庭ノ権限ヲ有シテイル。箱庭ヲ操作シ、発展サセルタメの権限ヲ。

「どういう、ことだ？」

「箱庭ってのは……」

——ン、アァ、今ハ、ダンジョント呼ブノダッタカ。

彼の言葉に、俺の心臓がドクンと跳ねる。

鼓動が速くなる。

現実かもわからないこの空間でも、ジワリと、身体《からだ》が汗を掻《か》く。

……緊張、しているのだろうか。

——箱庭トハ、卵。始原ノ神モマタ、吾《ワレ》ラト同ジ。吾ラト同ジ生ケル者デアリ、故ニ自ラノ証《アカシ》ヲ刻マントスル。

世界が、自らの証を残す。

彼の言葉に、前世にあったある考えを思い出す。

確か……ガイア理論、だったか。

地球とは、地球という一個の生命体である、といった感じの考え方である。

この星もまた、一個の生命体であるため、生命体らしく子孫を残そうとするということか。

つまり、それが——。

「………」

次に思い出すのは、ローガルド帝国前皇帝、シェンドラならぬシェンの話。

『この世界は、全《すべ》てが一つのダンジョンなのではないか』

『神を解き明かすならば、ダンジョンの研究をすることが最も近道であるように思えてならないのだ』

まさに、その通りだったのだ。

ドミヌスが、ダンジョンを生み出したのだ。

ダンジョンを辿《たど》った先に、神はいたのである。

この世界を生み出した神が。

「俺は……継承者になった俺は、何かしなきゃいけないことがあるのか?」

——否。確カニ貴様ハ選バレタ。然レド、ソノ後ハ貴様ガ定メレバ良イ。命ハ、自由也。吾ラガ望ムハ、貴様ガ箱庭ト共ニ自由ニ生キルコト。

命は、自由。

好きにしろということか。

「……何で、俺だったんだ」

掠《かす》れた声の俺に、骸骨《がいこつ》は、笑う。

——サテ、偶然カ、神ノ導キカ。

……全ては神のみぞ知る、か。

精神を整えるために大きく息を吐き出し、深呼吸を行っていると、ルィンは言葉を続ける。

——モウ一ツ。貴様ノ武器。アノ小サキ娘。

「エンが、どうした？」

——ソノ一振リハ、吾ラニ通ズル。

ルィンは、空間にエンらしき影を作る。

次に、彼女の前に真《ま》っ直《す》ぐ道を延ばし、終着点に八つの武器が現れる。

あれは……神の名が付く武器か。

エンをこのまま鍛えていけば、最終的にはそこまでの能力になると言いたいようだ。

——大切ニセヨ。ソノ娘ハ、非常ニ稀有《ケウ》ナ存在デアル。

「俺の娘みたいなもんだ。アンタに言われずともそうするさ」

そもそも、そんな大層な存在でなかったとしても、大事にするに決まってる。

俺が、自らの命よりも大事にしている、家族の一人なのだから。

……それにしても、さっきから思っていたことだが、この神さんのジェスチャーというか、影の映像の表現が上手《うま》いな。

言葉にしていないのに、何が言いたいのかしっかり伝わってくる。

と、俺の言いたいことでも理解したのか、ルィンはコクリと頷《うなず》く。

——練習シタ故ナ。

「練習したんかい！」

再びそうツッコんでしまうも、やはりルィンは愉快そうに肩を揺らす。
おい、この神様、小ボケを挟んでくるんだけど。
神様って、もっとこう……いや、堅苦しいよりはいいんだけどさ。
なおもルィンは、楽しそうな様子のまま、口を開く。
――フフ……良キ時間デアッタ。名残《ナゴリ》惜シイガ、吾ガ話ヲ出来ルノハ、ココマデダ。
彼の言葉に、俺はピクリと反応する。
「もしかして、槍からいなくなるのか？」
ルィンは頷く。
――吾ハ、残リ火。既ニ、死シタル者。現世ニ残ルハ、摂理ニ外レル。
「待ってくれ、まだまだ聞きたいことは――」
が、俺の言葉は、こちらに手のひらを向けたルィンに遮られる。
――ソレハ、貴様自身ガ解キ明カスト良イ。貴様ハ、生キテイルノダカラ。
「……そう、か。そうだな。……俺も、アンタとこうして話せて、良かった」
ルィンは、優しげに笑う。
骨であるにもかかわらずわかる、慈愛に満ちた眼差《まなざ》し。
刹那《せつな》、空間が揺らぐ。
白の全てが崩壊していき、視界の焦点が定まらなくなっていく。
そして最後に、彼の言葉だけが、俺の耳に残った。

――命ヲ全ウセヨ。命ヲ謳歌《オウカ》セヨ。ソレガ、命アル者ノ責務デアル。

◇　◇　◇

「何つー愉快な神様だ……あの神様の宗教なら入信しよう」

思わずそんなことを言いながら、俺は、ゆっくりと閉じていた瞼《まぶた》を開く。

熱く、煮え滾《たぎ》るマグマ。

目の前にある、もう何も記していない、空白の石碑。

白く広がる空間は、すでに消え去っていた。

『……主？』

握ったままの我が愛娘《まなむすめ》から、ちょっと心配そうな意思が伝わってくる。

「ん、エン、俺が喋《しゃべ》らなくなってから、どれだけ経《た》った？」

『……多分、一分くらい。何も言わないで、ジッとしてた。様子が、ちょっと変だった』

「そうか……それくらいしか経ってないのか」

体感じゃあ、三十分くらいは彼と話していたと思うんだがな。

右手に握っていたエンから、次に眼前で未《いま》だ浮いている神槍、神杖の二つへ視線を向ける。

もうここには、何もない。

愉快な骨の神様は、もういない。

実感として、俺にはそのことがわかる。

別れ際、ルィンは俺に、この槍と杖の使い方を教えてきた。ケリュケイオンが残した、伝言とも
う一つ、というのも、これのことだろう。

直接、知識として埋め込まれた、というのが一番近い表現だろうか。

今ならば、わかる。これらの、本当の使い方が。

「エン、ちょっとごめんな」

『……ん』

エンをその場に置いた後、俺は、右手で槍を、左手で杖を掴《つか》み。

前に掲げ、言った。


「『命を謳《うた》え、我が槍よ』」

「『理《ことわり》を定めよ、我が杖よ』」


その瞬間だった。

武骨な見た目の神槍と神杖が変化を開始し、グングンと大きくなる。

数秒で俺のよく知っている第二形態に到達し、さらにその先へ。

いつもは俺の魔力を極限まで吸っていたが、今は一切、俺には触れて来ない。

ルィンと、そしてケリュケイオンが、俺を所有者として認めたからだ。

ゴウ、とマグマが唸《うな》り、目の前の祠《ほこら》が淡く発光を始める。

空間に存在する魔力が激しく猛《たけ》り、それら全《すべ》てを神槍と神杖が吸収し、そこからさらに俺へと流し込んでくる。

そうか。この二つは、戦いの役目を終えた後に、『鍵《かぎ》』になったんだな。

いつかここに来る、俺のようなヤツを助け、扉を開かせるための鍵に。

「な、何じゃ⁉」

「う、うわ！」

「ご、ご主人！」

背後から聞こえる三人の声。

『……主？』

「大丈夫だ。これは、俺達を拒絶するものじゃない」

この世界に来て、初めてレフィに魔力を流し込まれた時と同じような、圧倒的な力が身体《からだ》へと流れ込んでくるが、今は倒れそうにもなっていない。

間に、二つが入ってくれているからだろう。

やがて、変化は終了する。

神槍と神杖が吸った、莫大《ばくだい》な魔力は全てが俺の内側に。

借り物ではない、俺の肉体の一部と化す。

そこで俺は、自身のステータスを確認する。

名：ユキ
種族：覇王

ん……種族進化したか。

ルィンと、ケリュケイオンが、俺に力を与えてくれたんだな。

◇　◇　◇

名：ユキ
種族：覇王　クラス：?域へ?る者　レベル：214
HP：99086／99086　MP：1960349／1960349
筋力：20029　耐久：24870　敏捷《びんしょう》：24005　魔力：58651
器用：46274　幸運：120
固有《ユニーク》スキル：魔力眼、言語翻訳、飛翔《ひしょう》、不屈、王者の威圧、精霊魔法
スキル：アイテムボックス、分析《アナライズ》Lv.10、体術Lv.6、原初魔法Lv.8、隠密《おんみつ》Lv.6、索敵Lv.7、剣術Lv.5、武器錬成Lv.8、魔術付与Lv.10、罠《わな》術Lv.6、大剣術Lv.8、偽装Lv.7、危機察知Lv.7、

舞踊Lv.３、意識誘導Lv.４
称号：異世界の魔王、覇龍の飼い主、断罪者、人類の敵対者、死線を潜《くぐ》りし者、龍魔王、覇龍の伴侶《はんりょ》、精霊王が認めし者、魔帝、覇者たる魔王

まず、クラスが読めなくなっている。

これも、今の俺には見る資格がないのだろう。まだまだ足りないと言われているようだ。

そして――『覇者たる魔王』という、新たな称号。

覇者たる魔王：大いなる魔が力を肉体に有し、ヒト種において並び立つ者の存在しない覇者。
そこに至る者は、本来は、存在しない。

「……本来は存在しない、か」

もうここまで来ると、数値を見てもよくわからなくなってくるが……もしかすると俺は、ヒ、ト、種、の、中、で、最、も、ス、テ、ー、タ、ス、が、高、く、な、っ、た、のかもしれない。

この種族、そして称号が示すことは、そういうことなのだろう。

故にこの魔王の肉体は、より相応《ふさわ》しい『覇王』なんて種族に変わったのだと思われる。

……ま、あくまでヒト種の中で、という括《くく》りは変わらんだろうがな。

果たして今の俺は、魔境の森で最も魔物の強い西エリアにて、どれだけ戦えるのか。

以前よりは、奥地に入って戦えるようにはなっているだろうが……その見極めは行わないとな。

まあ、本物の龍族のような規格外にはまだまだ勝てないだろうし、首を飛ばされたら生物は死ぬ。

この世界は過酷である。

俺の命はもう、俺だけのものではない。気を抜いては、ならないのだ。

ただ――また一歩、レフィに近づくことが出来たか。

今回種族進化をして、それが、俺は何よりも嬉《うれ》しい。

「……それにしても覇王か。レフィと一緒に、世紀末覇者みたいになっちまったな」

帰ったら、七つの傷を持つ男ごっこでもするか。うん、そうしよう。

そんなことを思いながら、俺は自身の肉体を見る。

初めて種族進化をした時と同じく、特に外見に差異はない。

自らの肉体に、以前よりも魔力が満ち満ちているのはわかるが、それだけだ。

が、俺の身体の部位は、まだある。

俺は、消していた翼を背中に生やす。

二対だった翼は……おわっ、三対になってんな。

一対目はコウモリだかドラゴンだかわからないような翼で、二対目は悪魔っぽい禍々《まがまが》しい翼で
……この三対目は、骨っぽいな。

黒の、骨の翼。

飛膜はボロボロで、というかほぼ無いに等しい。もう翼の役割を果たしてないぞ、これ。

禍々しくて大分カッコいいが、ぶっちゃけ俺は超好きだが、どう見ても主人公とかではなく、悪の親玉が生やしているような翼である。

うーん、勇者がいたら討伐されちゃうね、これ。確実に。

今代の勇者は俺の嫁さんだけど。

一つ苦笑を溢《こぼ》し、次に神槍と神杖をそれぞれ見る。

俺が知っているのは第二形態までだが……現在のこの二つ、第三形態となった槍と杖は、俺の知っているものよりさらに荘厳さが増していた。

まず槍の方は、薙刀《なぎなた》のような槍身全体に、今までなかった何か紋様のようなものが走っており、それが淡く輝いている。

全体的に、一回りデカくなっただろうか。

そして、その紋様は槍のみならず俺の腕までをも走って、鎧《よろい》にも見えるものを形成して肩まで到達しており、こちらもやはり淡い輝きを放っている。

杖の方も、ほぼ同じだ。

全体的に一回り大きくなり、似たような紋様が走り、それが俺の肩まで来ている。

一見すると、神槍と神杖が俺の腕を侵食しているようにも見えるが、これはそうじゃない。

俺を保護し、力を与え、十全に扱えるようにするための『強化外骨格』といったところだろう。

以前の戦争の時のように、勝手に俺の魔力を吸い始めることは、もう二度とないはずだ。

あれは外から無理に力を込め、強引に扱っていたようなものなので、言ってしまえば俺の扱い方が悪かっただけだと今ならばわかるのだが……ったく、あの時は本当に酷《ひど》い目に遭ったな。
パンドラの箱を開けることにビビりまくっていたが、まさか槍の先にいたのが、あんな茶目っ気のある愉快な神様だったとは。
過去を思い出し、思わず笑みを浮かべながら俺は、分析《アナライズ》スキルを発動して二つを見る。

神槍ルィン：魔の神ルィンが、自らの魂の欠片《かけら》を用いて生み出し、鉄の神ドヴェルグによって完成した槍。その槍に貫けぬものはなく、ただ真《ま》っ直《す》ぐに全《すべ》てを穿《うが》つ。今槍は、次代に引き継がれた。
品質：？？？。

神杖ケリュケイオン：法の神ケリュケイオンが、自らの魂の欠片を用いて生み出し、鉄の神ドヴェルグによって完成した杖。世界を正し、理を定め、公正を為《な》す。今杖は、次代に引き継がれた。
品質：？？？。

以前は文字化けで全く読むことが出来なかったが、今は読めるようになっていた。
二つともに出て来る、鉄の神ドヴェルグ……そう言えばシセリウス婆さんが、神槍と神杖を見比べた時に、武器の意匠が同じだと言っていた。

いや、こうして第三形態となった姿を見れば、そのことは一目瞭然《いちもくりょうぜん》だ。

ルィンが見せてくれた映像からして、神の名が付く武器は、どうやらそれぞれの神が、それぞれの力で生み出したようなので、そこを不思議には思っていたが、もしかすると武器を武器としての形にしたのは、鉄の神だったのかもしれない。

そう、様々な変化について思考を巡らしていると、エンが念を飛ばしてくる。

『……主、魔力の質、変わった？』

「おう、実は今、神様と話しててな。その神様が、力をくれたんだ」

『……そうなの？　すごい、エンも神様とお話したかった』

「残念だが――本当に残念だが、もういなくなっちまったんだ。俺も、もっと話をして、色々と聞きたかったよ」

エンに言葉を返しながら、俺は神槍と神杖の魔力を散らし、第二形態、第一形態へと戻す。

ん、本当に扱いが簡単になってるな。

前は、魔力を散らそうと思えば常に暴発する危険性があったのだが、もうそんなことは起きないだろう。

――ありがとうな、ルィン。ケリュケイオン。

アンタらの力は、今後も使わせてもらうよ。

二つをアイテムボックスの中にしまい、足元に置いたエンの刀身を肩に担ぎ直すと、ことが終わったのを察したのか、後ろに下がっていた三人がこちらまでやって来る。

「おにーさん、その三対目の翼……もしかして……」

「種族進化、っすか？」

「あぁ、覇王になった。種族『覇王』って何だって感じではあるがな」

あと、翼が増えるの、ここで打ち止めだと助かるところである。

魔王の肉体だと、この先また種族進化する日は訪れそうだし……四対目以上は流石《さすが》に邪魔だろう。

いや、まあ、覇王なんて種族にさらに先があるのかどうかは知らんが。

俺の言葉に、ネルが圧倒されたような表情になる。

「覇王……レフィと、同じ領域……」

「言っておくがネル、今の俺が百人いてもアイツには勝てないから、決して同列ではないぞ」

第三形態の神槍か、神杖を構えた俺百人なら、と思わなくはないが、つまりそれだけしないと勝ちが見えないような、レフィは規格外の存在なのである。

思うんだが……アイツなら、ルィンに見せてもらった神々の戦いに加わっても、普通に生き残って勝ちそうだよな。

つか、たとえ俺がどれだけ強くなって、どんな武装をしていようが、根本的に俺はレフィには敵《かな》わないので、何百何千と俺がいても勝利するのは無理か。

「……でも、そういう存在と比較されるような世界に、ご主人は足を踏み入れたってことっすよね。何と言うか……本当に、すごいって言葉しか出て来ないっす」

『……ん。主はいつでもすごい』

「おう、ありがとな。まあでも、こんなのはただの数字だし、油断すると良くないのはわかってるから、いやもうホントに身に染みてわかってるんで、気を付けます……」

「うーん、一気に覇気がなくなったね」

「覇気がない覇王とは如何《いか》にって感じっすけど、まあそれがご主人っすからね！」

「ぐっ、リュー、い、言うじゃねぇか……」

『……どんまい、主』

と、俺達の横で、真剣な表情を崩していないドワーフ王が口を開く。

「……神は何と？」

……やっぱり、ドワーフ王は何かを知ってるんだな。

「ん、俺のやりたいようにやって、命を全うしろと言われたよ。俺がどういう存在で、この世界が何なのかってのも教えてもらった。ドワーフ王、アンタが知っていることを聞いてもいいか？」

「うむ……儂《わし》が知っていることは、全て話そう。とりあえずお前さんら、ここから出ようか。儂はこの熱にも慣れておるが、お前さんらにゃあ、ちと暑いじゃろう」

「む、それもそうだな。よし、一回戻ろう――」

そう言って一歩を踏み出そうとした瞬間、俺の身体《からだ》は俺の意思に反して上手《うま》く動かず、フラッとその場に倒れそうになる。

「！　おにーさん！」

「ご主人！」

慌てて手を伸ばしてきたネルとリューが両側を支えてくれたおかげで、転倒を避けることは出来たが、身体が思うように動かない。

足がグラつく。歩くという動作が、上手くいかない。

まるで借り物であるかのような、他人の身体を動かしているような気分だ。

驚いた。

疲労とかを感じている訳ではないので、全然わからなかったが……まだ肉体が、この変化に馴染《なじ》んでいないということか。

……無理もないな。幾ら変化しやすい魔王の肉体とて、今回の急激な変化を受け入れるには時間がかかるということなのだろう。

前回は、寝てた時に勝手に種族進化していたので、それを感じなかったのか。

しかも、能力値の急激な上がり具合は、確実に前回以上だしな。

そう言えば、ウチにやって来たクソ龍をぶっ殺した時も、こんな感じで上手く身体が動かなかったっけか。

「……すまん、ドワーフ王。話はまた明日聞こう。今日はちょっと……無理かもしれん」

「……そうじゃな、その方が良かろう。嬢ちゃんら、儂が代わろう」

「悪いな、助かるよドワーフ王」

そうして俺は、ドワーフ王に肩を貸してもらいながら、祠《ほこら》を後にしたのだった。

『ドミ?ス?の??』

ウチで神話の話を聞いた際、出て来たこの表示。

何なのかわからない、千年溜《た》め続けても届かないであろう、莫大《ばくだい》なＤ　Ｐ《ダンジョンポイント》を要求するコイツ。

今も、その文字は変わらない。

まだ俺には資格が足りていないようで、依然文字化けしたままだ。

しかし、もう、答えはわかった。

恐らくここに入る文字は――『ドミヌスへの昇格』。

ダンジョンは、成長すれば、最終的にドミヌスへと至るのだ。

◇　◇　◇

――戻った旅館にて。

ネル、リュー、エンの三人は部屋のソファに座り、ベッドで深い眠りに就くユキの様子を眺めていた。

彼は、ここに戻った瞬間にベッドに倒れ込み、「すまん、ちょっと寝る」と言った数瞬後には、寝息を立てていた。

疲れている訳ではない、なんてことを言っていたが……この様子からすると、肉体に相当な負荷があったことは間違いないのだろう。

平然とした様子を見せていたものの、実際はかなりしんどい思いをしていたのではないだろうか。

「この人が特別だっていうのは、前からもう痛い程わかっていたけれど……いったい、どこまで強くなるんだかねぇ」

ユキを起こさないよう、小さな声でネルが呟《つぶや》く。

「それは勿論《もちろん》、レフィのいるところまで、っすよ、ネル。この人が求める強さの果ては、やっぱりそこっすから」

リューの言葉に、ネルは頷《うなず》く。

「うん……それを本気で目指せるっていうの、僕は結構すごいことだと思うんだ。僕も、勇者として強くなろうとは思ってるけれど、レフィのところまで強くなりたいとは正直思えないもん」

「……主、気の抜けてる時は多いけど、強さには驕《おご》らない。ひたすらに、リルと頑張ってる」

ドワーフの里名物だという骨付きデカ肉をもきゅもきゅと頬張《ほおば》りながら、会話に参加するエン。

彼女の頭程はあろうかという肉を豪快に焼き、塩コショウのみで味付けしたもので、非常に大雑把で濃い味であるにもかかわらず、不思議と病みつきになるジャンクな料理である。

ユキが寝た後に買ってもらったもので、その圧倒的な脂と肉汁からネルとリューはやめておいたのだが、何でも美味《おい》しく食べることの出来るエンは、やはり美味しく味わっていた。

「そうっすねぇ、ちょっと不安に思っちゃう時もあるっすけど、でもそれが男の人ってことなんすよね、きっと。……あと、エンちゃん、それ、美味しいっすか？」

「……なかなかにジャンクで美味。この背徳的な脂と味付けが、食欲を増幅させる。でも、脂っこいことは確かだから、好き嫌いは分かれる。お姉ちゃん達も、一口食べる？」

「ありがとうっす、それじゃあ一口。……んん、あれっすね。何と言うか、本当に背徳的な感じっす。ドワーフのおっちゃん達、これ毎日食べてるそうっすけど、胃がもたれないんすかね……？」

「ありがと、エンちゃん。……う、確かに脂がすごい。僕この一口でアウトかも……ドワーフはこれを肴《さかな》にお酒をガブガブ飲むみたいだね。鉄の胃袋なのかな、あの人達」

「……おー、エンも鉄の胃袋ほしい」

「エンちゃんは無限の胃袋があるんだから、それで良しとしておこうね。鉄の胃袋が必要になる生活は、単純に身体に悪いから」

そのやり取りに笑った後、話は再びユキのことへと戻る。

ユキが一つ抜けているのは、彼女らの間ではもう常識だ。

つい最近はそれで大失敗し、流石に応えたらしく、ちょっと落ち込んだ様子も見ている。

だが――今まで彼が、歩みを止める姿を見たことはない。

そう、彼は常に、前へと進み続けている。

魔境の森で日々戦い、それから外に飛び出し、国々と関わっていき、最終的に皇帝だ。

さらに今回『覇王』となったそうで、話を聞く限り、もはやヒト種を超越した能力を有しているだろうことは間違いない。

神と話したなどとも言っていたが、彼がそう言うのならば、全《すべ》て本当のことなのだろう。

ユキが魔王となってから、まだ二年程であるそうだが……いったいこの世界の誰《だれ》が、それだけの期間でこれだけの活躍が出来ることだろう。

ちなみに、彼の支配領域である魔境の森のダンジョン領域だが、ダンジョンの簡易権限を持つネルとリューは、相当な防衛設備が敷かれていることをマップ機能で見て知っている。

特にネルは、よくユキと共に魔境の森へ行き、トラップの様子などを一緒に見ているため、その効果や範囲、威力等を正確に知っているのだが、恐らくアーリシア王国の全軍が突入しても、一週間で殲滅《せんめつ》されてしまうだろうと判断している。

全滅でも壊滅でもない。殲滅だ。

根こそぎ死ぬだろう。ユキやリル達ペット軍団が手を下さずとも、設置されているトラップ群だけで、だ。

これだけの防衛設備が整っているヒト種の領土は、まず存在しない。

ネルの見立てでは、エルフ達が誇る『森の秘術』が張り合えるくらいだろうか。

ただ、それでもやはり、ユキが『西エリア』と呼ぶ魔境の森の最深部の魔物には歯が立たないことが多いらしく、よく「どうなってんだあそこは」と愚痴っているのを聞いている。

普段ダンジョンにいると忘れそうになるが、あの森は、変わらず危険な秘境なのだ。

「この人、つい最近皇帝なんてものにもなったけど、僕はなるべくしてなったように思うんだよね。いや、みんなも同じ思いかな。すごく驚きはしたけど、でも納得出来ちゃう、みたいな」

「……そうっすね。多分、『英雄』っていうのは、ご主人みたいな人のことを言うんだと思うっす。まあ、ご主人は苦笑いで『そんなんじゃない。俺はただ自分勝手なだけだ』って否定すると思うっすけど」

　ユキは、よく自身のことを指して『自分勝手なだけ』と評価する。

　物事の中心にあるのは自分であり、だから決してそんな褒められた存在ではなく、もっとどうしようもない男なのだと。

　確かに、自分勝手ではあるのかもしれない。

　それはつまり、己の中にある信念を譲らないということだ。

　道を阻む何があろうが、全てを打ち砕き、己を貫き通す。

　それが発揮されたのが、少し前に起きた大戦での活躍なのだ。

　たとえどれだけの強敵だろうが、歯を食い縛り、仲間のために意地を張って戦うのである。

「……でも、主はいっつも、みんなのこと考えてる」

「うん、僕もそう思う。最優先はダンジョンのみんなで、いつも自分は後回し。そりゃあ、変な意地を張ってる時も、変な我がままを言ってる時もよくあるけど、大事なところでは必ず僕らを優先するんだ。……ま、僕らは、彼のそういうところが大好きなんだろうね」

「フフ、そうっすね。身体《からだ》を張って、自分を貫いて。だからウチらは、どこまでも突き進んでいくご主人の背中を支えられるようにならなくちゃっすね」

「ん、良いこと言ったね、リュー。僕らもここから、皇帝の妻になる訳だし、この人に付いて行けるよう、努力し続けないと」

「……今更っすけど、ウチら、皇帝の妻っすか。響きがこう、すごいっす。ウチ、ただのメイドだったんすけど」

「いや、メイドはメイドだったのかもしれないけど」

「しれないけど？」

「……いや、何でもないよ。メイドさんだね、うん」

思わず口から出かかった、「レイラなら全然違和感ないけど、リューを定義として『メイド』に位置付けるのは、ちょっと……」という言葉を飲み込み、わざとらしい仕草で他意はないと示すネル。

「含みがある感じっすねぇ？　別にいいんすよ、ウチら家族なんすから。言いたいことは言ってくれても」

「いやいや、僕は身近にいる家族だからこそ、言葉を慎んだ方が良い時もあるって思うんだ」

「ネル、最近言動がご主人に似て来てるっすよ」

「それはお互い様だよ」

二人がじゃれている横で、全く気にせずエンは骨付きデカ肉を食べ続けながら、マイペースに口を開く。

「……そう言えば、主の三つ目の翼。かっこいい。きっと、お姉ちゃんが興奮する」

「あはは、確かに。レフィは翼フェチだから、帰ったら大騒ぎしそう。多分三日くらいおにーさんの翼を触り続けるんじゃないかな」

「面倒くさいとか何とか、口では文句を言いながら、レフィの好きにさせてるご主人の姿が簡単に思い浮かぶっすね」

三人の会話は、止まらない。

いつも一緒にいるのに、それでも話題は尽きず、談笑を続ける。

——ちなみにこの時、ユキは話し声で途中から目を覚ましており、だが会話の内容から起きることも出来ず、実はベッドの中で悶《もだ》えていた。

閑話二　その頃《ころ》のダンジョン

――ダンジョンにて。

「おねえちゃん、おねえちゃん、見て見てー。おひげ！」

自身の前髪を口元に持っていき、髭《ひげ》を作るイルーナ。

「ほほう、なかなか立派な髭じゃのう。じゃが、儂《わし》も作れるぞ！　どうじゃ、儂のも立派じゃろう？」

対してレフィもまた、その長い前髪を口元に持っていき、イルーナより長い髭を作る。

「むむむ、やる！　流石《さすが》おねえちゃん！　こうなったら、こっちの最終兵器を見せるしかないね！

お願い、おひげマスター！」

「じゃじゃーん！　よばれてさんじょー、おひげマスター・シィだよ！」

ポーズと共に現れたのは、髭マスター・シィ。

「ほう、髭マスターとな。ではその手腕、見せてもらおうかの」

「いっぱいみてて！　まずはねー、ねこさんのヒゲ！　そして次が、いぬさんのヒゲ！」

「おぉ、流石じゃのう。可愛《かわい》いもんじゃ」

「かわいー！」

自身の肉体を変化させ、猫と犬のヒゲを生やすシィ。

ぶっちゃけどちらもほぼ同じようなヒゲだったが、そこは誰もツッコまない。

可愛ければ全て良しである。

「えへへ、まだまだいくよ！　これが、キノコのくにの、あかいおじさんのヒゲ！　こっちは、じゅうのめいじんの、タバコのおじさんのヒゲ！　さらにさらに、これが、かいぞくの、くじらおじさんのひげ！　シィにかかれば、どんなおひげでもはやせるのだー！」

「うわぁ、すごいすごい！　おにいちゃんが言ってた通りのおひげだよ！」

「あ、あー……確かに立派なすごい髭じゃが、後半のはやめておいた方が良いぞ。お主の可愛さが活《い》かされんからな」

「む、むむむ。そっかぁ、なら、やめとくー。ざんねん、おひげマスターとして、せかいをめざしてたのに」

「シィよ、世界を目指すならば、もうちっと広いもんを目指すんじゃの。流石にその世界は、狭過ぎるぞ」

「大丈夫！　シィはおひげだけじゃなくて、へんしんごっこで世界取れるよ！　モノマネ名人！」

「おー、モノマネめいじん！」

「いや、まあ、うん、そうじゃな。お主らなら何でも目指せるじゃろうな」

そんな感じで遊んでいた、彼女らの矛先が次に向いたのは、その場に共にいたリル。

ユキが魔境の森にいない時、リルはよくダンジョンの皆の下へ顔を出す。

主《あるじ》の代わりに皆を守らねば、という思いと、幼女組の遊び相手にならねば、という使命感からである。

リルは出来た雄なのである。その真面目《まじめ》さ故に、苦労は絶えないが。

「リルー、リルはじゃあ、探偵ひげね！　はい、これ！　取っちゃダメだよ！」

リルの鼻の先端に、探偵っぽく見える付け髭をポンと載せるイルーナ。

魔力でくっ付く仕様であるため、リルでも装着可能なのだ。

「おー！　めいたんてーリルだ！　じゃあリル、めいたんてーとして、たんてーっぽいことして！」

「名探偵リル、なかなかいい響き！　名探偵役して、リル！」

「クゥ？」

「みまわり！　いいよ、ぼうけんと、なぞと、みちのにおい！」

「いいね、冒険と謎と未知！」

リルの「では、謎を探しに、外へ散歩――いえ、見回りに行きますか？」という言葉に、大喜びで頷《うなず》く幼女二人。

「ねね、おねえちゃんも一緒にいこう！　未知を探しに、探偵ごっこ！」

「たんてーごっこ！」

「良いじゃろう、儂も付いて行こう。……それにしてもリル、お主最近、童女どもの相手が手慣れておるのー。躱《かわ》し方が上手《うま》くなっておるというか」

「……クゥ」

レフィの言葉に、「まあ、主に比べれば楽なので」と苦笑を溢《こぼ》すリル。

日々ユキと共におり、彼の無茶ぶりを一身に受けている以上、幼女組の無茶ぶりなど可愛いものなのである。

「カッカッ、そうじゃな。彼奴《あやつ》は子供のまま大人になったようなものじゃからのう。しかも、大人の知恵が働く分童女どもより厄介じゃ。お互い面倒な主人を持って、苦労するのう」

「クゥ」

機嫌良さそうに笑うレフィに、リルもまた笑って「ええ、そうですね」と言葉を返す。

全く以《もっ》て、その通りだ。

無茶苦茶で、やることなすこと派手で、幼女達と同じくらい純真な心を持ち、皆のために奔走する主。

何と、支えがいのあることか。

「クァガウ」

「クク、うむ、今後も頼りにしておるぞ、リル」

「ねー、おねえちゃん、リル、早くー！　冒険行くんだからー！」

「はやくー！」

「わかったわかった。ほれ、行くぞ、リル。――レイラ、儂ら外に出て来るぞー！」

椅子に座って静かに本を読んでいたレイラが、軽く手を振ったのを見てとった後、彼女らは草原エリアへ――という時だった。

――突如、リルの肉体が光を帯び始める。

形のない、何か『力』のようなものが周辺から――ダンジョンから空間に生み出され、リルを覆っていく。

それは、魔力。あまりに濃密過ぎて、視認出来る程になった魔力である。

「わぁ⁉」

「リル！　大丈夫⁉」

「む、これは……」

「ク、クゥ……？」

「？　どうされ――って、その光は――……」

各々の驚愕《きょうがく》の声。

リルの周りにいた三人のみならず、レイラもまた本から顔を上げ、驚いた様子で椅子から立ち上がる。

光は数瞬の間リルを取り巻き、やがて、全《すべ》てがリルの肉体へと吸い込まれ、なくなる。

光が晴れたリルは――鎧を身に纏っていた。

全てが魔力で構成された、透明な鎧《よろい》。

表面には紋様が走り、全体的にどことなく甲冑《かっちゅう》を思わせる形状となっている。

見る者に、畏怖《いふ》と、神聖さと、力を感じさせる魔力の鎧。

彼らは知らないが、それは、神槍の第三形態時と非常によく似た様相であった。

「……クゥゥ……」

突然の出来事に、ひとしお困惑した様子で、自身の身体《からだ》を見回すリル。

「おー、リル、かっこいー！　かっこいいけど、たんていのおひげとれちゃったね」

「あはは、しょうがないよ！　でも、かっこいいリルだー！」

「かっこいー！」

「……ふむ。恐らく、あの阿呆《あほう》の方で何かあったんじゃろうな。リル、お主、能力が変化しておるぞ」

名：モフリル
種族：フェンリル
クラス：覇狼《はろう》

覇狼：大いなる魔が力を有し、全てを切り裂く爪と牙《きば》を持つ者。覇を頂く主と共にある時、何者もその歩みを止めることは叶《かな》わない。だが、種の限界へは、未《いま》だ至っていない。

ユキの変化は、ユキと最も繋《つな》がりの深い配下であるリルにもまた、変化を及ぼしていた。

第四章　鉄の神

――俺が寝込んだ翌日。

再び訪れたドワーフの領主館にて、ドワーフ王ドォダは話を始めた。

「あの祠《ほこら》を作ったのは、儂らが崇《あが》める神、ドヴェルグ神じゃと伝えられておる」

鉄の神、ドヴェルグ。

神槍と神杖を分析《アナライズ》スキルで見た時にも名前が出て来た、神々の一柱。

ルィンが見せてくれたものから察するに、ドワーフを生み出したのが、その神なのだろう。

「元々あそこは、ドヴェルグ神の鍛冶《かじ》場じゃったらしいが、自らの命が尽きる前にあの形に作り替えたと伝わっておる。そして、あの神域の使い方を一人のドワーフに伝えた。――それが、初代ドワーフ王じゃ」

初代ドワーフ王。

俺と同じ『武器錬成』スキルを操ったというドワーフ。

「へぇ……ドワーフには、そんなに前の歴史も残ってるのか」

神々の存在した時代は――神代は、命の非常に長い龍族ですら追うことの難しい、遥《はる》かなる過去の時代だ。

龍族で学者肌であり、世界中を飛び回っているらしいシセリウス婆《ばあ》さんですら、神代について持っている知識は限られたものだった。

それを、ヒト種という短い命しかない者達が保ち続け、今にまで残す。

そこにはやはり、秘密があるのだ。

「うむ。面白いモンじゃがのう。儂らは他種族に比べ、然《さ》して寿命が長い訳ではなく、学術を生業《なりわい》としている訳でもない、山の一族。じゃが――同時に、鉄の一族でもある。鉄は、つまり『金属』は、儂らよりも遥かに長く在る」

ドワーフ王は膝《ひざ》を突いて立ち上がり、ソレの前に立つ。

俺もまた胡坐《あぐら》から立ち上がり、彼の隣に行く。

「金属とは、生き物。儂らと同じように命があり、呼吸をし、脈動する。その命を正しく知ることが出来れば、こうして残すことが出来る」

そこにあるのは――俺の身長よりもデカい、石碑。

恐らく、昨日《きのう》行った祠にあったものと同じ材質……というか、改めて見て気付いたが、俺はこれ、前に見たことがあるな。

龍の里で見た、俺が名前を刻んだ『龍歴』と同じものではないだろうか。

表面には、ビッシリと文字が刻まれており――ん、問題なく読めるな。

俺が初めてこの世界に来た際得た、『言語翻訳』スキルのおかげだ。

どうやらここには、左側と右側で、同じ文章が二つ刻まれているようだ。

字体が微妙に異なっているので、片方が翻訳文とか、そんな感じか？

前世にあった、エジプトのロゼッタストーンみたいだな。

「左側に書かれているのが、神代文字。右側に書かれているのが、古代ドワーフ語。恐らく内容は同じもので、失伝せんよう後の時代に右の文章を彫ったんじゃろう。儂《わし》らは、ギリギリ右側のを読むことが出来るが……お前さんはどうじゃ？」

「……あぁ、読める。けどこれ、相当に大切なものなんだろ？　いいのか、部外者に見せちまって」

「ガッハッハッ、今更じゃな。ま、お前さんならいいと判断したまで。それが、儂らに課せられた使命の一つじゃて」

代々ドワーフの長《おさ》となる者には、初代ドワーフ王から伝えられている使命があるそうだ。

それは、神について尋ねる者がいたならば、その者を見極め、残された伝承を伝えろ、というもの。

つまりは、俺みたいなヤツが来たら、ソイツがバカなら知らぬ存ぜぬで誤魔化《ごまか》し、信を置けると判断したならあの祠を見せろ、ということだ。

こうして色々話してくれた以上、俺のことは信用してくれているのだろう。

ありがたい限りである。

「ん……助かる。なら、遠慮なく読ませてもらうよ」

俺は、古めかしい碑文を上から順に読んでいく。

内容は……半分くらいは、ドワーフ達に対する訓示か。

鉄と共に在る生き方を、そして鍛冶の心得を説いているようだ。

ドヴェルグ神が自らの眷属《けんぞく》に求める、種族の方向性って感じだろう。

こちらは、俺にはあまり関係のないものだな。

そして、もう半分は……主語がぼかされていてわかり辛《づら》いが、恐らく神々の争いに関しての、ドヴェルグ神の思いが綴《つづ》られているようだ。

神の名の付く武器は、やはり彼が協力することで、その形を成したようだ。

二つの陣営に分かれて争った神々だが、ドヴェルグ神は敵も味方も関係なく武器作りに手を貸したようで、そうして互いを殺し合う武器を作ったことに対する、後悔の思いが綴られている。

だが同時に、後悔はあっても全《すべ》てをやり切ったという自負もまた、ここに彫られた文章からは感じられる。

それは為《な》すべきを為すために必要なことであり、もう一度同じことが起こっても、自分は全く同じようにするだろうと。

互いを殺し合うことに悲しみはあっても、そこには確かな信念と誇りがあったのだと。

――この抽象的な書き方から見て、神々は争いに関しての詳しい記録を、後世に残すつもりがなかったのかもしれない。

あの時見せてもらった映像から察するに、神々はそれなりに仲が良かったんじゃないかと思う。

ドヴェルグ神もあの戦いの片方の陣営に与《くみ》していたが、それでも対立した神の武器も作ったらしいことから、そこは間違いないだろう。

敵に武器作りの手伝いを頼むことも、敵の武器を真心込めて作り出すことも、普通はしないのだから。

互いに恨み辛みなどがあった訳ではなく、ただ思想に埋められない大きな差異が出来てしまったから、武器を向け合うことになったのだ。

敵だが、仲間でもある者同士。

仲間の誰々と殺し合った、誰々を倒した、なんて記録は、残したくなかったんじゃないだろうか。

……これは、あの白い空間でルィンが見せてくれた、神々に対する前提知識を持っていないと、ほとんどわからないだろうな。

彼らの間で争いがあったと、教えてもらったからこそ理解出来る内容だ。

そして……この文章の中で目立つところに書かれている、恐らく最も後世に残したかったのであろう一文が、これだ。

『神ノ座ニ届ク者、終ノ祠《ツイ》へ』

「終《つい》の祠ってのは……昨日の？」

「うむ。あの場所で、ドヴェルグ神は亡くなられたそうじゃ。故に、そう名付けられたと伝承で残っておる」

「なるほど……そう言われると確かに、あそこは墓っぽい雰囲気はあったな。よくまあ、火口のど真ん中っつー、文字通り燃え上がる熱さの場所を、安眠の地に選んだもんだ」

「ガッハッハッ、まあ儂らの神さんだ。きっと生前は頑固で暑苦しかったろうし、マグマなんざぁ、風呂《ふろ》の湯みてぇなモンなのかもな」

そんな冗談を交わしながら、碑文に目を通していた俺は、その時、右側にはない文章が、左側にあることに気が付く。

つまり、古代ドワーフ語では訳されていない、神代文字のみで書かれている文章だ。


『我ラ、役目ヲ全ウス。

未ダ発展ノ余地数多《アマタ》アレド、始神ガ求ムル世界ノ形、而《シカ》シテ完成ス。

ダカラ――次ハ、オ前サン、ノ番ダ。後ハ、頼ンダゼ』

ゾク、と走るものがあった。

「…………」

「これの材質は、儂らでもわかっておらん。少なくともオリハルコンを用いた合金なんじゃろうが、鉱石の成分が緻密《ちみつ》に絡み合い過ぎて、何をどういう比率で使用しているのか全く――って、あん？

ここ、空白だったと思ったが……」

俺が見ているものと同じものを見て、怪訝《けげん》そうな表情になるドワーフ王。

「……条件が揃《そろ》って、新しく表示されたみたいだ。これは、俺に宛てたメッセージだな」

全く、神々というのは……彼らは総じていたずら好きなのだろうか。

ルィンと一緒に、この鉄の神ドヴェルグが、ニヤリとほくそ笑んでいるような気がする。

「……なるほど。昨日のもそうじゃったが、ここにもそういう仕掛けが施されていた訳か。儂も、お前さんが知っていることを聞いてもええか？」

「あぁ。つっても、俺の方もそんな、詳しくわかってる訳じゃない。確実なのは、『ダンジョン』というものが神々と深い関わりのある存在ってことだな。俺がダンジョンを支配する『魔王』であるから、あの祠は反応し、この石碑もこうして反応した」

そう答えると、考え込むような素振りを見せるドワーフ王。

「ふむ……まさか、魔王にそんな秘密が……」

「あとは……悪い、これは、言えない。こんなに色々教えてもらったし、見せてもらったが、この情報は多分、外に出しちゃいけないものだ。俺が、一生胸に秘めておくべきであろうものだ。だから、言えない」

ダンジョンは、言わば『ドミヌス』の子供のようなものなのだ。

世界の種子であり、そしてその管理者である『魔王』は――立場的には、あの神々と同じものなのだろう。

自らだけでは動けない世界を、その手足となって発展させる存在だ。

この情報は、外には漏らせない。

ウチの家族以外には、漏らすべきではない。

……今すぐ帰って、レフィに相談したいところだな。

とんでもない秘密を、抱えちまったもんだ。

いったい俺は、どこに向かって進んでいるのだろうか。

どんどん魔王っつー枠から外れているような気がするんだが。現時点で『覇王』だし。

俺の言葉に、ドワーフ王はジッとこちらを見ながら、神妙な顔でコクリと頷《うなず》く。

「……うむ、わかった。ならば儂も、これ以上は聞かんでおこう」

「助かる。今回の恩は忘れない。今後、困ったことがあったら言ってくれ。俺は、俺の力が及ぶ限りで、アンタの力になろう。というか、今回の件で何か不利益とかが起きてたら言ってくれ」

これは今朝《けさ》聞いたことなのだが、俺がルィンから力を分けてもらい、種族進化を果たした時、あの火山全体が鳴動していたらしい。

グラグラと揺れ、幾つかの地点からはマグマと大地の魔力が同時に噴き出し、すわ噴火かと、実は結構な騒ぎになっていたそうだ。

元々活火山なのはドワーフ達もわかっており、故に都市にも魔法による防御手段が備わっていると聞いているが、その防衛魔法の燃料である火山の魔力を、俺が終の祠にて吸収していたため、常ならば異変があった時点で発動していた防衛魔法が機能しておらず、それが混乱を助長したそうだ。

俺が寝込んでいた時に、ドワーフ王がその辺りを上手《うま》く収めてくれたようだが、微妙に申し訳ない気分である。

と、ドワーフ王は、愉快そうに笑って答える。

「何、大して儂らに影響のない秘密を打ち明けただけで、お前さんと懇意に出来るのならば、万々歳というモンじゃゃぜ。火山の件に関しても、多少混乱があっただけで、もう日常に戻っておるから、気にせんでいい」

……こういう時、腹黒い魔界王なんかと違って、本当に裏表がないことがよくわかるため、ドワーフは付き合いやすい。

良くも悪くも真っ直《ま》ぐ《す》な性格なのだと、短い付き合いだが、俺も理解している。

ありがたい友人が増えたことだ。

いや、まあ、魔界王もそんな、年がら年中悪だくみしている訳ではないのだろうが。

けどアイツ、話していてもやっぱりどこか胡散臭《うさんくさ》いので、油断ならないんだよなぁ。

「それより、お前さんらは、こっちにはまだ滞在するのか？」

「おう、せっかくだから、数日は滞在させてもらおうと思ってるよ。特に、ウチの子がドワーフの里の豪快な料理を気に入ったっぽくてさ」

「ガッハッハッ、ザイエン嬢ちゃんか。やっぱり見所がある嬢ちゃんじゃぜ。んじゃあ、この後ウチの里一番の料理人を連れて来てやろうか。良い肉料理を作るドワーフがおってな」

「おぉ、ありがてぇ。是非頼む」

そう話しながら、待ってくれている我が家の面々と合流するため、領主館を後にし――それから数時間後のことだった。

――ドワーフの里から程近いという、獣人族の里から、救援要請が届いたのは。

◇　◇　◇

獣人族の里に住む、彼らの纏《まと》め役――獣王ヴァルドロイは、面白いことを聞いたと言いたげな表情で、部下の報告を聞く。

「ほう？　今、魔王がドワーフの里に？」

「ええ、ローガルド帝国からの飛行船の便で、本日到着した模様です。そのまま領主館に向かったらしく」

ドワーフと獣人族は、長年友好関係を築いている。

まず、立地的に首都としている里が非常に近く、仮に互いが軍を起こした場合、わずか一日で到達可能な距離にある。

単独の馬車などであれば、朝に出発し夕方には到着、というのも可能なのだ。

いや、獣の特質を持ち、非常に健脚な獣人族であれば、その者によってはわずか数時間程での到着も可能かもしれない。

つまり、里が形成された時から、互いに敵対することを考えていなかった、ということになる。

起源を辿《たど》れば、彼らの信仰する神々の仲が良かった、などという伝承が残っていたりするが……

本当のところは定かではない。

一つ確かなのは、遥《はる》かなる過去から、彼らの間に交流があるということである。

故に、肩を並べて戦うことはあっても、軍をぶつけ合ったことは過去に一度もなく、その歴史を互いによく知っているため、もはや身内くらいの感覚となっているのだ。

身内相手に、喧嘩《けんか》をすることはあっても、殺し合いをすることはない。

それが起きる程の不幸を、彼らは抱えていない。

そういう関係性を構築しているため、互いの里には常に連絡員が常駐しており、何かあり次第すぐに情報が伝わるような情報網が構築されているのだ。

そうして、そこから獣人族の里へ伝わってきたのが、つい最近起こった大戦の英雄が、仲の良い隣国に滞在しているという情報だった。

「ふむ、帝国関連での、公務か何かか？」

「いえ、個人的な都合で訪れた模様で。こちらにも訪れる予定だと仰《おつしや》っていたそうです。彼の奥方の一人である、ウォーウルフ族のお嬢さんが共にやって来ているようですので、里帰りという面もあるのではないかと」

魔王――いや、魔帝ユキ。

現ローガルド帝国皇帝であり、今、国際社会において最も存在感のある男。

公の場に出て来ることは少ないが、あの魔界王と並び立つ程の影響力を有していると言えるであろう。

彼は、政治を考える上で外せない重要なファクターであり、今後の国々との関わりにおいて、誰《だれ》もが意識せざるを得ない存在なのである。

だが……その影響力というのは、彼を評価する上では、あくまで側面的なものだ。

魔帝ユキを表す上で最も重要なものは、力だ。

政治でも何でもない、純粋なる力が、魔帝ユキを魔帝ユキたらしめている。

あの男は、単体で各国軍と同等――いや、それを大いに上回る戦力を有しているのである。

あの大戦時に連れて来ていた、配下の数匹の魔物達も合わせれば、もはやその戦力は未知数だ。

正確に測ることすら出来ない次元となるだろう。

万の軍勢を用意しようが、圧倒的な個には簡単に滅ぼされるのが、この世界だ。

仮に、危険な存在だから排除しようなどと考えた場合、大戦時に集めた全兵力と同等のものを用意して勝負になるかどうか、といったところだろうか。

兵を当て続けて疲弊を狙《ねら》う、絶望的な消耗戦だ。

それですら、確実に勝てるとは思えない辺りに、魔帝ユキの隔絶された力が表されているだろう。

故に、彼とは国を挙げて友好的な関係を築くべきなのである。

一昔前ならば、『魔王』などという凶暴で危険な相手と友好関係を築くなど、何を馬鹿なと笑われただろうが……時が変われば、変化するものだ。

「そうか、なら歓待の用意を進めておかねばな。おい、ウォーウルフのに伝言を入れておいてやれ。お前のところの娘と、義息が遊びに来たぞと」

「畏《かしこ》まりまし――」

その時だった。

軽く、ズゥン、と来るような衝撃。

執務室の調度がグラグラと揺れ、やがて数十秒程で、それは収まる。

「む、地揺れか。まあ、この程度ならば問題なかろう。……いや、一応様子を見ておいてくれ。特に何もなければ、報告はいらん」

「久しぶりの揺れでしたね。畏まりました、では、失礼致します」

それからしばらくは何もなく、獣王はいつも通りに政務を進めていき、そろそろ筋トレでもしたいところだ、などと思い始めた頃《ころ》。

「獣王様」

少し険しい表情で彼の執務室へと飛び込む、数時間前に別れた部下。

その様子に、ただ事ではないと判断した獣王は、手を止めて即座に問い掛ける。

「何事だ」

「森の魔物どもに、おかしな動きが見られます。現在防衛部隊が対処中、しかし数が多く、このままでは里に侵入を許す可能性があります」

その報告に、ピク、と眉《まゆ》を動かす獣王。

「……原因は、先程の地揺れか？」

「ハッ、状況から見るに、その可能性が高いかと」

獣王は、数瞬だけ口を閉じる。

彼らは、ドワーフの里という『火山地帯』の近くに里があるため、地震は多く経験している。

故に、生態系に影響を及ぼす程の地震がどの程度のものかは大体把握しているし、その経験から見て、先程の揺れはそこまで影響があるものには思えなかった。

しかも、あれからすでに数時間が経過している。

多少森が荒れはするかもしれないが、その程度ならば里に常駐している防衛部隊のみで対処可能なはずである。

にもかかわらず、彼らが『数が多い』とぼやいてくるということは、そこには常以上の何かが裏にあるということとなる。

「……よし、部隊を倍に増やせ。ローテーションで休んでる奴《やつ》らも連れて来い。念のため、俺が出て指揮しよう。里内には、警戒を促す伝令を」

「ハッ！」

獣王の指示は的確で素早く、彼の有能さを示すものであった。

だが、今回の異変は――彼の想定を超えた、異変だったのである。

◇　◇　◇

俺とドワーフ王が話しているところに、ドタドタと飛び込んできたのは、一人のドワーフ。

「頭ァッ！」

「騒々しい。何じゃ」

多分俺がいるところに飛び込んできたからだろう、身内の無作法を咎《とが》めるような厳しい視線を送るドワーフ王だったが、それに怯《ひる》むことなく、彼の部下は言葉を続ける。

「お取込み中申し訳ありやせん、ですが、獣人族の里から緊急の救援要請が出やした！　魔物の軍勢が現れた、とのこと！　指示を頼んます！」

彼の言葉に、ドワーフ王は表情を一変させ、怒鳴るように答える。

「バカヤロウ、それを一言目に言いやがれ！　今すぐ暇なバカどもを連れて、外門に集合させろ！　その間に詳しい状況の確認だ！　急げ、獣人のが助けを求めるなんざぁ、結構な一大事だぞッ！」

「へい！」

ドワーフ王の部下が、大慌てでこの場を去って行った後、ドワーフ王は申し訳ないような表情で口を開く。

「……そういう訳だ、すまねぇ。儂《わし》らは動かなきゃならなくなった」

「いや、俺も手伝うぞ。流石《さすが》にこれで『じゃあ俺は観光してるから』なんて言う程、腐っちゃいないさ」

「……賓客に頼むことじゃねぇのは間違いないが、すまねぇ、助かる。今は少しでも戦力がほしい。獣人のが助けを求めるってぇこたぁ、相当な事態になってるはずだ。アイツらぁ、ただの魔物の軍勢程度なら、簡単に追い払える実力はあるからな」

「結構な緊急事態って訳か。何か、そんなことが起こる前兆みたいなの、あったりしたのか？」

「……あぁ、思い当たる節はある。多分、その……儂らのが原因かもしれん」

「え？」

何となくで聞いたことだったのだが、ドワーフ王の答えに、俺は思わず聞き返す。

「……『終《つい》の祠《ほこら》』にいた時、火山の魔力が一気に噴き出し、お前さんへと流れ込んでいった。それこそ、地揺れが起きちまう程の濃密過ぎる魔力が、一時的に空間に存在していた訳じゃぜ。ヒト種よりも魔力に敏感な魔物なら、ビビって軒並み逃げてもおかしくない。儂も、魔物の軍勢と聞いてから、そこに思い至ったんじゃが……」

言い難《にく》そうな様子で、そう答えるドワーフ王。

……なるほど、確かにあの時、終の祠に溢《あふ》れ出した魔力は凄《すさ》まじかった。

この火山周辺の魔物達がそれを感じ取って一斉に逃げ出し、その『波』が獣人族の里を襲ったってことか。

獣人族の里は、ここから近いそうだからな。

そこまで思考を巡らした俺は、思った。


――え、つまりそれ、俺のせいってことじゃね？


……ま、マズい。

勿論《もちろん》俺が能動的に何かやった訳ではないし、言わば事故みたいなものだが、直接的な原因が何かと言えば、確実に俺である。

俺が起点となり、全《すべ》てが起こっているのだから。

今から観光に行くつもりの場所で、俺のせいで一人でも死人が出ていようものなら、申し訳なさ過ぎていたたまれない。普通に落ち込む。

マズい、これはマズいぞ。

「ど、ドワーフ王！　獣人族の里の方角は⁉」

「え？　あ、あぁ、外門――いや、この里で一番デケぇ門から、西に延びる道に沿って進みゃあ、獣人族の里だ」

「了解！　向こうで会おう！」

冷や汗が止まらなくなった俺は、大慌てでこの場を後にし、ウチの面々を探す。

「――あっ、い、いた、お前ら！」

「あ、終わった？　おにーさん――って、その顔は……うん、何かやらかしちゃった時の顔だね」

「あー、そうっすね、何度か見たことのある顔っす。つまり、今からその問題をどうにかしに行きたいんすね？　わかったっす、ウチらは待ってるっすから。エンちゃん、ご主人を頼むっすね」

「……ん、任せて。主《あるじ》、付いてく」

「……あ、あぁ！　行ってくる！」

俺の顔を見て秒で全てを察した嫁さんらにそう返事をし、大太刀に戻ってくれたエンを肩に担ぐと、俺は背中に翼を出現させて一気に飛び上がり――おわっ！

一瞬バランスを崩し掛け、慌てて姿勢制御を行い、滞空する。

そう言えば俺、翼が三対になったんだった。

その影響か、加速が以前とは比べ物にならない程に速くなっている。

感覚としては、ブースターが新たに一個増えたような感じだろうか。

性能を存分に試したいところだが……いや、それは後だ。

急げ、これで獣人族の里に壊滅的な被害が出てたりなんかしたら、洒落《しゃれ》にならんぞ……っ！

◇　◇　◇

「五番隊一歩下がれ、七番隊、前へ！　周囲を見ろ、焦らず、熱くなるな！　淡々と『処理』を続けろ！」

獣王ヴァルドロイの指示に従い、展開していた部隊が忙《せわ》しなく動き回る。

怒号と、血飛沫《ちしぶき》と、魔物の悲鳴。

戦闘の熱気と、多数が入り乱れる喧騒《けんそう》。

あの後、早期に防衛線を築くことに成功し、里への魔物の侵入は防ぐことが出来た。

今のところ、怪我《けが》人は数人、戦闘不能者はゼロと、順調に見えるが——実際は、相当ギリギリな状況であった。

数が、多いのだ。

とにもかくにも魔物の数が多く、そのせいで薄く広く部隊を展開せざるを得なくなっており、防衛線の厚みがほぼ無くなってしまっている。

ここまででもすでに、幾度か戦線を突破されかけているのだが、その度に獣王自身が兵を率いて火消しを行っているくらいである。

さらなる想定外が一つでも起これば、戦線全体が崩壊してしまいそうな、危険な状態であった。

――元々、獣人族達は、常備兵をそんなに持たない。

それは、彼らの生活形態に理由がある。

ドワーフ族などは完全な単一種族であるが、獣人族はそうではなく、魔族のように幾つもの種に分かれている。

ヒトの外見が基本となっているのは変わらないものの、そこに獣の因子が混ざっているため、それぞれで快適な生活環境が微妙に異なっている。

つまり、ひとところで暮らしておらず、それぞれが過ごしやすいよう、点々と散らばって里を形成しているのだ。

獣王ヴァルドロイの住む里が、彼らの中で最も大きい都市であり、首都と言える役割を果たしているのは間違いないが、他の首都と比べれば人口が相当に少ないのである。

いざとなれば、周辺の里から戦士を集め、他国と一戦交えるだけの戦力を動員することは可能であるが、平時である今、次から次へと現れる魔物達に対処するには、数が足りなかったのだ。

すでに里の戦力だけでは無理だと判断し、距離的に最も近いドワーフの里へ救援要請は出したが
……それまで、耐えられるかどうか。

それに——気になる点が、一つある。

魔物達から感じられる、怯え。

——何かから、逃げている？

この興奮具合。やはり、どう考えても地震だけの影響ではない。

現在のギリギリの状況でも、何とかなっている大きな要因に、魔物達が逃げることを念頭に置いており、積極的に攻撃を仕掛けてこないという点があるのだ。

放っておくと里内にまで突入されるので、無視することは出来ないが、おかげで部隊の損耗を極端に抑えることが出来ているのだろう。

だが……これだけの数の魔物が、逃げ出す対象。

何が出て来ても、最悪だ。

——判断を誤ったかもしれない。

部下の手前、口には出さないが、内心でそう悔いる獣王。

何かあるかもしれないとは思っていたが、まだ事態を甘く見積もっていた。

どこかで、どうせ地震の影響だからと、侮ってしまっていたのだろう。

そして——彼らへの試練は、まだ続く。

『シュウウウウウゥゥゥ……』

そんな唸《うな》り声と共に、ズシンズシンと森を割って現れたのは、四足歩行型の巨大な魔物。

亜龍『サラマンデル』。

災害級に分類される、ヒト種とは隔絶された力を持つ強者。

その存在を前に、部下達のみならず、周辺の魔物達もまた動揺する様子が窺《うかが》える。

あの魔物のことは知っている。

魔力を主食とするため物質的な食事を必要とせず、故に他の生物も襲わない穏やかな気性の亜龍である。

己のテリトリーと定めた地域からはほぼ出て来ず、記録的には、四百年程前からドワーフの里近く、火山地帯の一角に住み着いており、一部から『守り神』として信奉されている存在だ。

その魔物が、今こうしてテリトリーを離れ、こんなところまでやって来ている。

それも、酷《ひど》く興奮し、怯《おび》えた様子を見せて。

——コイツも、逃げ出して来たのか。

「チッ……一番隊、付いて来い！　あの魔物の相手は我々がせねばならん！　九番隊、一番隊の穴を埋めろ！　二番隊、三番隊、一人ずつ出して九番隊の補佐をしてやれ！」

目まぐるしく変化する状況に対応するべく、そう怒鳴るように指示を飛ばす獣王。

一番隊は、獣人族の中で精鋭を集めて結成されている隊である。

最もヴァルドロイが信頼し、最もヴァルドロイを信頼する部隊。

その一番隊の中で、彼らを束ねる隊長が、若干狼狽《うろた》えた様子で口を開く。

「ヴァ、ヴァルドロイ様。ですがあの魔物は、守り神の……」

「……わかっている。だが、こうなってしまっては、仕方がない。やらねば、ならんのだ。貧乏くじを引かせて悪いが……死地に付き合ってもらうぞ」

「……ハッ！　元より我らの命、獣王様に捧《ささ》げております故」

「クックッ、いらんいらん、むさ苦しい男の命など。美女が相手なら話は別だが」

「おっと、死を覚悟した部下に酷い言い草だ。思わず奥方とお嬢様に告げ口してしまいそうですよ」

「いやいや、これは一般論だろう。男に好かれるよりは、女に好かれたいものだ」

「残念ですが、諦《あきら》めてください。残念ながら獣王様は、女性よりも男性に好かれていますので。ですので、奥方を大事になさると良いでしょう」

「何だお前、もしや家内からの回し者か？」

「ええ、実は私、獣王様の公務を監視するよう言付《ことづ》かっておりまして。奥方には逐一報告をさせていただいております」

「何てことだ、俺に安寧の時間はないのか」

ここが死地であると覚悟を決め、一番隊隊長とわざと冗談を言い合い、鼓舞し合う。

彼らは肩を並べ、武器を構え、襲い来る暴威へと立ち向かい——が、その覚悟は、無駄に終わった。

「頼むぜ、精霊達！　獣人達を助けて、魔物どもの排除を！　エン、魔刃だ！」

まず現れたのは、ヒト型の、火。

どことなく女性を思わせる姿形をしたそれは、戦場全体に出現し、次々と魔物達を排除し始める。

次に降ってきたのが、斬撃。

それは、森を抉《えぐ》り、地面を抉り、周辺の魔物達を斬り裂き、消滅する。

そして最後に――――ソレが現れる。

一瞬、ソレが何なのか、わからなかった。

力。

力の塊。

災害級という、そこらの都市であれば壊滅させられるであろう魔物が、霞《かす》んで見える程の存在感。

圧倒され、指揮官でありながら思わず思考が空白となり……数瞬したところで、ようやくソレが何なのか理解する。

「魔王ユキ……」

「獣王、久しぶりだ！　悪いんだが、俺が出した精霊、えっと、女性型で燃えてるヤツは攻撃しないどいてくれ！　魔物どもを倒し終わったら勝手に消えるから、よッ！」

その言葉尻《ことばじり》と共に、ブン、と肩に担いでいた巨大な剣を振るう魔王ユキ。

あれは、確か、ザイエンだったか。

同時、ブシュウ、と血が爆《は》ぜ、サラマンデルの身体《からだ》に特大の斬り傷が生み出される。

悲鳴。

「お？　何だ、お前。エラく硬いな。……あぁ、亜龍か。お前なら、魔境の森でも生きていけそうだな」

そのまま、何でもないような動作でトドメを刺そうとする魔王ユキを、ヴァルドロイは慌てて止める。

「ま、待て、魔王！　その魔物は、守り神なのだ。普段は温厚で、ヒト種に害を為《な》さないため、出来れば殺さないでやってほしい」

自分達も先程まで排除する気でいながら、調子の良いことを言っているとは我ながら思ったが……彼ならば何とかしてくれるのではないかという思いから、そう頼み込む。

「ん？　そうなのか。だってよ。落ち着け、亜龍」

『シュウウウウウウッ――』

「聞こえなかったのか？　――俺は、落ち着けって、言ったんだ」

すると、サラマンデルはビクッと身体を反応させ、後退《あとずさ》りし――ゆっくりと、その場に座り込んだ。

屈服したのだ、亜龍ともあろう存在が。

「ん、よし、偉いぞ。ちょうどいいからお前、俺を手伝え。ここの魔物どもを散らすんだ。ほら、傷は治してやるから。あ、獣人族には怪我させるなよ」

『シュウウウウウウ』

魔王ユキがどこからともなく取り出した小瓶の液体を振りかけると同時、サラマンデルに刻まれた傷が消えていく。

今のは……エリクサー、だろうか。

そうして回復したところで、彼の指示をこなすべくサラマンデルはドシドシと駆けていき、魔物を蹴散《けち》らし始める。

「じゃあ、獣王、俺も魔物排除してくるから！　怪我人がいるなら、これで治してやってくれ！」

彼はさらに十数本の小瓶を取り出し、こちらに押し付けると、そのまま返事も聞かず再度飛び立って行った。


——彼の出現から、わずか三十分後。

異変は、解決したのだった。

◇　◇　◇

「フー……な、何とかなったか」

獣人族の里周辺を本気で飛び回り、魔物どもを排除し続けた俺は、『マップ』に敵性反応が映らなくなったところで安堵《あんど》の息を吐き出す。

時間は……三十分くらい戦い続けていただろうか。

俺一人だともっと時間が掛かっただろうが、精霊魔法があったおかげで早々にどうにかなったな。

魔境の森にいる時とは違って、こういう味方も入り交じった細々《こまごま》とした戦況の時、自律行動し、攻撃してくれる精霊魔法はピッタリだ。

俺は、良くも悪くも一撃に特化しているから、今のような状況で下手《へた》にエンを振り抜こうものなら、獣人族諸共《もろとも》やっちまう可能性が高いしな。

多分この感じ、今の俺の魔力があれば、精霊魔法で一人軍隊も結成可能だろう。

「ありがとな、精霊達。お前らがいてくれたおかげで、本当に助かった」

俺が『イフリータ』と名付けたフォームのまま、フヨフヨとこちらに漂ってきた精霊達に礼を言うと、彼女らは無邪気にクルクルと回って、そのまま空間に消えていった。

「エンも、いつもありがとな」

「……ん、エンは主の剣だから、当たり前」

仕事が終わったので、すでに擬人化したエンの頭をワシャワシャと撫《な》でていると、次にノシノシと魔物の一匹がこちらへと寄って来る。

獣王に、守り神と呼ばれていた亜龍だ。

「ん、お前も、手伝ってくれて助かったぜ。巻き込んで悪かったな、俺は別に何もしないから、安心して元の住処《すみか》に戻ってくれ。達者で暮らせよ」

そう言葉を掛けると、亜龍は一声俺に向かって鳴き、ドシドシと来た道を帰っていった。

「……主はきっと、魔物使いの才能がある」

「ハハ、まあ、今の俺なら、大概の魔物は屈服させられるだろうな」

……そう、今の俺なら、恐らく可能だ。

――この異変のきっかけが、火山から噴き出した、言わば『魔力噴火』だったのは間違いない。

だが、多分、それだけではない。

その後に、俺が現れたのが、決定的だったのだろう。

この様子からすると、魔物どもは多分、俺の気配を感じて住処から逃げ出したのだ。

……レフィが現れれば、野生生物は軒並み周囲から姿を消す。

圧倒的な超存在を前に、ビビって逃げ出すのだ。

だからレフィは、普段自身の気配をなるべく抑えているのだ。影響を少なくするために。

アイツの場合は、それでも逃げられる場合があるが……俺もまた、野生生物から逃げられるレベルの気配を放つようになった、ということなのだろう。

「気配の消し方か……」

「……忍者ごっこ？」

俺の呟《つぶや》きに、コテンと首を傾《かし》げ、そう問い掛けてくるエン。

「え？　……あぁ。そうなんだ。エン、今俺の気配が、どんなもんかわかるか？」

「……ん。火山の時からずっと、メラメラ、かも」

「メラメラか。じゃあダメだな。俺、一流の忍者になって、隠れ身の術を覚えたくなってさ」

俺には『隠密《おんみつ》』のスキルがあるが……アレはちょっと、別物だろう。気配を消すどころか、他者から見えなくなるし。

いや、それこそまさに隠れ身の術ではあるのだが。

そもそもレフィは、そういうスキルを使わずとも、常に気配を抑えることが出来ている。

アイツの様子を見る限り、それは腕を振ったり足を動かしたり、そんな当たり前の動作と同じような感覚でやっていることなのだろう。

だから多分、スキルなんざなくとも、俺にも出来るはずなのだ。

「……むむ、隠れ身の術。出来ればエンも覚えたい。かくれんぼできっと、一番になれる。レイスの子達がいるから、かくれんぼで一番は難しい」

「そうだなぁ、あの子ら空中に浮けるから、色んな隠れ方出来るもんな」

レイス娘達がかくれんぼをする際は、人形に憑依《ひょうい》して物体的な身体を得てやるのだが、彼女らは単純に宙に浮けるので、隠れ場所は無限大である。

木のてっぺんとか、庭のオブジェの上とか、三次元空間をフル活用するのが我が家のかくれんぼなのだ。

「……でも、実はイルーナも、とても隠れるのが上手《うま》い。シィみたいに変化出来る訳じゃないのに、魔力を風景に溶け込ませて、気配を薄く出来る。見えてるはずなのに、気付けない時がある。だから対抗して、魔力を見る特訓もしてる」

「へぇ……」

イルーナは、実は魔力の扱いがとても上手い。

精霊王の爺《じい》さんに、精霊魔法の手解《てほど》きを受けた過去があるためか、恐らく繊細な操作は俺よりも上だ。

レフィやレイラが、イルーナのことを「稀代《きたい》の魔法士になれる可能性がある」と言っていたので、あの子は本当に才能があるのだろう。

まあ、そんな才能がなくとも、楽しく人生を生きてくれりゃあ、俺としてはそれで嬉《うれ》しいのだが。

というかこの子ら、かくれんぼでそんな高度なことまでやっているのか。

流石《さすが》、ハイスペック幼女軍団だ。

――いや、ウチの娘らの優秀さは措《お》いておいて。

魔力を、風景に溶け込ませる。

それは多分……魔力の質を変化させる、ということだな。

……レフィは、他者の魔力の波長に合わせ、自身の魔力を『貸す』ことが出来る。

魔法に慣れ親しんできた今の俺は、実はそれが結構やべぇ技術というか、誰《だれ》もが出来る訳ではない離れ業なのだと知っているのだが……ということは、自身の魔力を空間に存在する魔力の波長に合わすことが出来れば、気配を抑えることが可能なのか？

気配、という言葉はいたく感覚的なものだが、こちらの世界では、それは実際に存在するものだ。

通常の生物であれば、必ずその体内には魔力が存在し、そしてその魔力を感じ取る力も備わっているからである。

つまり、他者の魔力を『気配』として知覚しているのだ。

この魔力の質を、自然の中に存在する魔力――いわゆる『魔素』と同化させることが出来れば、他者の知覚を誤魔化《ごまか》せるようになる、のかもしれない。

……うーん、要求される技術は高いが、ちょっとやってみるか。

俺が今のままでは、結局魔物どもが落ち着かないだろうしな。

「……よし」

目を閉じ、集中する。

周囲の魔力を感じ取る。

空間に存在している、大自然の魔力。体内の魔力を動かし、これを変質させて……。

これを変質させて……。

……………。

………………。

…………………。

うん、無理。

これじゃあ、気配を抑えるどころか、闇雲に魔力を発散させてしまっていて、むしろ逆効果だろう。

というか俺、元々器用な方じゃないし、そんな一朝一夕で出来たら、苦労しねぇわ。

ステータスに現れる、『器用値』の値は高いはずなのにな。

種族進化した今の俺でも、不器用は変わらないのだろう。

「うーん……俺の魔力操作は、今後の課題だな」

「……じゃあ、帰ったら一緒に、忍者ごっこしよう？」

「そうだな、お前らに交じって、俺も忍者の何たるかを学ばせてもらうとするか。ニンニン」

「……ニンニン」

――っと、こんなことを話している場合じゃなかったか。

俺は、事が終わったと報告するべく、エンを連れて歩き出し――というところで、向こうもこちらに向かっていたらしく、遠くから獣人族の一団が駆け寄ってくる。

獣王ヴァルドロイ達だ。

「獣王！　こっちに来てくれたのか。怪我《けが》人は？　死んだヤツとかいないか？」

「いや、大丈夫だ。怪我人は数人いたが、あのポーションはありがたく使わせてもらった。周辺の街道も確認させているが、今のところ被害はない。今回は、来てくれて助かった」

謝意を示す獣王に、俺は首を横に振る。

「あー、違うんだ。実はその、今回の件はほとんど俺のせいな部分があってな。むしろ、迷惑かけて悪かった」

「む？　どういうことだ？」

謝る俺に、怪訝《けげん》な表情を浮かべる獣王。

「ドワーフの里で少し用事を済ませたんだが、その関係で火山が魔力を噴き出して、俺も影響を浴びて、んで多分、それにビビった魔物達が逃げ出したんだ。だから、アンタらを助けるためにこっちに来たというよりは、もっと単純に自分の尻拭《しりぬぐ》いって感じなんだよ」

「……なかなかの説明だが、もしや、数時間前にあった地震は？」

「その時の影響だ。そういう訳だから、被害があったら遠慮なく言ってくれ。その方が、俺の心の平穏が保たれるから」

いや、マジで。

「……なるほど。それで、以前とは見違える程の魔力をその身に宿している訳か。ふむ……気にするな、と言いたいところだが、そうか……ならば、今回討伐した魔物の死骸《しがい》は、こちらで使わせてもらっても？」

考えながらの獣王の言葉に、俺はコクコクと頷《うなず》く。

「おう、勿論《もちろん》いいぞ。全部、遠慮なく素材とか肉とかにしてくれ」

「では、それを今回の被害分の補填《ほてん》とさせてもらおう。……それと、もう一つ頼みでも聞いてもらおうか」

「あぁ、迷惑掛けたんだ、それくらい聞こう」

すると獣王は、ニヤリと男前な笑みを浮かべた。

「こんな形ではなく、後程もっとちゃんとした形で、訪問してきてくれ。奥方らがいないところを見るに、緊急で一人飛んできたのだろう？　後片付けもせねばならんし、こんな慌ただしい形で出迎えるのは、我々としても不本意だ」

彼の言葉に、俺は一瞬面食らってから、笑って言葉を返す。

「わかった、そうさせてもらうよ。確かに、嫁さんらはドワーフの里に置いて来ちまってるからな。んじゃあ……三日後か、四日後辺りに、またこっちに来させてもらおう。今日はこのまま、俺は帰るよ」

「了解した。楽しみに待っているぞ」

そうして俺は、ひとまず獣人族の里を後にしたのだった。

……それにしても、覇王、か。

何が出来て何が出来ないのか、マジで確認しておかないとな。

◇　◇　◇

「——つー訳で、一足先に獣人族の里に行って、魔物どもを追っ払ってきた。マジで肝を冷やしたわ……」

ドワーフの里へと戻った俺は、ネルとリューに事の成り行きを説明する。

あの後、道中で会ったドワーフ王とドワーフの一団にもすでに事が終わったことを説明し、共に里へと引き返した。

街道等の怪我人も確認してくれたようだが、今のところ被害はないようで、心底ホッとしたものだ。

「はー、なるほどねぇ。何ともまあ、おにーさんは本当に、行く先々で問題を起こすねぇ」

「俺がとんでもない問題児みたいな言い方はやめてくれませんかね、ネルさん」

「残念ながらご主人、ご主人はまず間違いなく問題児なので。そこは認めてもらわないと困るっす」

困るんだ。

「リューの言う通りだよ、おにーさんは現状把握から始めよう？　自分のことを見詰めて、そして自分がそういうものだって認めることから始めるべきだと思うんだ」

「いや、あの、そんなカウンセラーみたいな物言いされても」

俺は苦笑を溢《こぼ》し、言葉を続ける。

「だから、今の俺は気配ダダ漏れっぽくて、相当数の魔物を間引いたからこの旅の間は多分大丈夫だろうが、早いところ気配を薄める術《すべ》を覚えたいんだよな」

「あー……言われてみれば、確かにダダ漏れかも。僕らはもう、おにーさんの気配に慣れ親しんでるから、違和感も感じにくいけど……うん、ダダ漏れだね」

「えっ、そうなんすか？　う、うーん……ウチじゃちょっとわかんないっすねぇ。ウチの大好きな、ご主人の匂《にお》いは変わってないし――あ、い、いや、何でもないっす」

思わず口から出てしまったのか、かぁっと頬《ほお》を赤らめ、俺から視線を逸《そ》らすリュー。

……やめろ、そんな反応されると、こっちも照れるだろ。

「も～！　リューったら、可愛《かわい》いんだから！」

と、そう言ってネルが、リューへぎゅーっと抱き着く。

「ね、ネル、暑いっすよ！　あと、前々から思ってたっすけど、ネルには抱き着き癖があるっす！」

「いいじゃん、抱き着くくらい！　いーい、リュー。人はね。他の人の体温を感じることで安心する生き物なんだよ！」

「それはわかるっすけど、時と場所を考えてほしいっす！　ほ、他の人の目もあるんすから！」

「残念だけど、それくらいで迸《ほとばし》るこの感情を抑えることは出来ないんだよ！　何たって、僕は自由を守るための勇者だからね！」

「ホントに言動がご主人に似てきたっすね⁉」

きゃいきゃいと元気の良いウチの嫁さん二人を見て、俺は腹を抱えて笑う。

お前ら、仲良いよなぁ。

君達の旦那《だんな》は、嫁さん達が仲睦《なかむつ》まじいようで嬉しい限りです。

何を言っても離れそうにないと判断したのか、リューは一つため息を溢し、ネルを引っ付けたまま口を開く。

「まあでも、その気配を抑えるって、結構大事なことっすよね。特に、外に出ることの多いご主人には。ネルはその辺り、どうしてるんすか？」

「ん～、僕はおにーさんとかレフィ程の力はないから、相対した魔物が逃げてくってことはないんだけどね。でも僕ら聖騎士は、おにーさんがいつかの雑談で話してたような、通常の軍人とは違う『特殊部隊』に当たる身だから、敵に魔力を感じさせないための訓練は幾つかしてるよ」

ネルは勇者だが、表向きの身分としては『ファルディエーヌ聖騎士団』所属の聖騎士だ。

その彼らがやっているという訓練法を幾つか聞いてみるが……うーん、やっぱりすぐにどうにかなるもんではないな。

彼らも、年単位の訓練を続けることで、気配を絶つ術を学んでいるようだ。

「ま、やっぱり一番はレフィに聞くことじゃないかな。基本的にレフィは、気配を抑え続けてるそうだから、僕らよりもそういうのには詳しいだろうし。と言っても、僕らはもう慣れちゃったから、レフィが気配を抑えてる時とそうでない時の差があんまりわからないんだけど」

ネルの言葉に、リューがうんうんと頷く。

「いやぁ、人って慣れるもんっすよねぇ。レフィは世界最強の生物っすけど、もう今じゃあ、頼もしく思うことはあっても、怖さを感じることなんて一切ないっすもんね」

「フフ、そうだね。レフィ本人に聞かれたら、『わ、儂《わし》は世界最強の龍族じゃぞ！　もっと恐れ敬わんか！』って怒りそうだけど」

「あははは、言いそうっすね。それも、照れて頬を赤くしながら。もう簡単にその様子が思い浮かぶっす」

「アイツもわかりやすいヤツだからなぁ」

そんなことを彼女らと話していた時、俺達の下へ、エンがトテトテと歩いてやって来る。

彼女の手に握られているのは、採掘セット（子供用）と、袋。

「お、どうだ、エン。大漁か？」

「……大漁。お土産《みやげ》いっぱいゲットした」

エンは誇らしげにグイ、と袋の口を開き、中をこちらに見せる。

「……これは、イルーナの分。こっちは、シィの分。こっちは、レイスの子達の分で、こっちはお姉ちゃん達の分。最後のこれが、ペットの子達の分。色と、光り方で選んだ」

「おぉ、綺麗《きれい》だね、エンちゃん！　きっとみんな喜ぶよ」

「うわぁ……すごいっすねぇ、エンちゃん。こんな綺麗な形に……ウチ、掘る時割りまくっちゃったのに。何かコツでもあるんすか？」

「……ん。石の呼吸を聞けば、どう打てば綺麗に採掘出来るのか、わかる」

「い、石の呼吸っすか。うーん、それはウチには、遠い領域かもしれないっす」

——現在俺達がいるのは、ドワーフの里の火山内部にある、『宝石坑道』と呼ばれる坑道である。

少し前に、この火山の中心部、『終《つい》の祠《ほこら》』へ行く際に通った宝石坑道とは別のところだが、ここも同じように通路の壁一面が宝石のような光で色とりどりに輝いており、幻想的な光景が広がっている。

つっても、これらは本物の宝石ではないらしいのだが。

魔力を帯びると七色に光るという特色を持つ、希少性の低い鉱石であり、鉱山ならばどこにでもあるものらしく、通称として『虹鉱石《にじ》』などと呼ばれているようだ。

ただ、やはりここくらいまで集中して存在するのは珍しいそうで、この火山に蓄えられている魔力が凄《すさ》まじいため、その影響で通常の岩や土などが虹鉱石に変質していくらしい。

ここの宝石坑道では、それら虹鉱石の採掘の体験をすることが可能で、掘り出した虹鉱石は内部に魔力が残っている限り発光し続け、消えても後に魔力を充填《じゅうてん》することで再度光ると聞いている。

なので、ちょっとしたお土産として人気なのだとか。

俺達も少し前まで一緒にやっていたのだが、ちょっと疲れてしまったので、エン以外の大人組三人は先に終わって休憩していたのだ。

エンはこういうの、マジで妥協しないで、延々と自身の世界に這入《はい》り込む子なので。

イルーナやシィとかはやっぱり子供なので、何かする時は俺達と一緒に物事をしたがるのだが、その辺りエンは、何かやりたいことがあれば一人だけで黙々とそれを続けるのだ。

手が掛からない子だと言えるだろうが……やっぱりエンは、職人気質だよな。

ちなみに、虹鉱石じゃない別のお土産も、もう買ってあったりする。

ドワーフの里名物、背徳的なジャンク食べ物を多く買い、アイテムボックスの中に突っ込んである。

多分、イルーナとシィは喜ぶだろうが……レフィとレイラは微妙な顔をしそうだな。

ぶっちゃけその顔が見たい。

レイラは勿論、レフィも、あれでいて食の好みは普通なのだ。菓子好きなこと以外。

「……いっぱい掘って、お腹空《なかす》いた」

「おう、そんじゃあ、ここらで飯にするか。時間もちょうどいいしな。エン、そっちに水道引いてあるみたいだから、採掘セットを返してきたら、手ぇ洗ってきな。あ、何食いたい？」

「……お肉！」

「オーケー、肉な。つってもこの里の料理、肉ばっかだけど。お前らは？」

「うーん、こっちに来てから濃いのばっかり食べてたから、さっぱりしたのが食べたいかな。野菜炒《いた》めとかあったら嬉《うれ》しいんだけど……」

「あ、確かそういうのもここ、置いてるはずっすよ。ウチも野菜炒めと……ハムが食べたいっす、ハム！　厚切りの！　あと、お酒！」

「お酒ー！　それとつまめるものー！」

「了解了解。——すいませーん！」

エンが手を洗いに行っている間に、俺は忙《せわ》しなく働いている給仕さんを呼び、料理を頼む。

実は俺達が今いるここ、広い空洞となっており、そこに食事処《どころ》が設置されているのだ。

木で組まれた柱や足場が、そのまま利用されて酒場の二階や壁となっており、非常に雰囲気のある食事処となっている。

割とマジで、ディ○ニーランドとかにありそうな凝った造りなのだ。ムチ使いの考古学者の先生がやって来そう。

こうして見ても、客のドワーフや観光客っぽい獣人が多くおり、賑《にぎ》わっているのがわかる。

……ここに来た最初に、ギョッとした感じの視線も幾つか感じられたが、今は落ち着いてそういうのもない。

多分、他者の強さを感じ取れるだけの能力を持った人物がいたんだろうな。すまんかった。

少し待ったところで料理が運ばれ、というタイミングでエンもこちらに戻ってくる。

「……おぉ。もう料理が。美味《おい》しそう」

「おう、いっぱい食べていいからな！　それじゃあお前ら、ドワーフの里に、乾杯！」

「「乾杯！」」

「……かんぱい」

カチンと俺達は、グラスを合わせた。

虹色に光り輝く世界で、わいわいと会話を紡ぐ――。

◇　◇　◇

翌日。

ドワーフの里から外に繋《つな》がる正門前にて、俺はドワーフ王ドォダと向き合っていた。

「ドワーフ王、色々面倒かけたな」

「おう、儂の人生の中でも、中々にない濃さの数日じゃったぜ」

ニヤリと笑みを浮かべるドワーフ王。

「だが、お前さんがこうして訪れてくれたことで、儂らが代々受け継いできた使命は、達成することが出来た。お前さんこそが、初代ドワーフ王が求めた存在。感謝するぜ、魔王」

「感謝するのはこっちだ。そんな大事なものを、俺みたいなのに見せてくれた訳だしな」

ガッチリと、握手を交わす。

「次会うとしたら、外交の場で、じゃろうな。獣人のにも、よろしく言っておいてくれ」

「おう、またその内。楽しかったぜ、ドワーフの里」

そうしてドワーフ王と別れた俺は、我が家の面々と共に、獣人族の里へ向かう馬車へと乗り込んだのだった。

――さて、なんかすげー慌ただしかったが、ドワーフの里の滞在は終わり、獣人族の里だ。

覇王になった影響もあるし、あんまり長居するつもりはないのだが、そっちも楽しみだな。

◇　◇　◇

「――え、えっと、こ、こんにちは！」

「……こんにちは」

平常運転のエンに対し、ケモミミを生やしたその幼女は、若干緊張した様子で挨拶《あいさつ》を続ける。

「わたしゅ……わ、わたしは、獣王ヴァルドロイ‼ガラードの子、アニ＝ガラードです！　お名前を聞いてもいいですか？」

「……ん、罪焔《ざいえん》。みんな、エンって呼ぶから、そう呼んで」

「エンさんですね！　よろしくお願いします！　えっと、特徴的で可愛《かわい》らしいお洋服ですね！　それはエンちゃんの地方のものなのですか？」

和服を着ているエンを見て、興味をそそられた様子の獣人幼女アニの言葉に、エンは首を横に振る。

「……んーん。エンだけの。主が、用意してくれた」

「そうなのですか？　って、主？　パパじゃなくて？」

「……パパでもある。でも、エンは主の刀でもあるから、そこは複雑」

「かたな？　……ふ、複雑な家庭ということですか？　そ、その、エンさんはもしかして、毎日大変だったり……？」

「……？　別に、そうでもない。毎日いっぱい遊んで、いっぱい学んで、楽しんでる。時々魔物とかと戦うことはあるけど」

「ま、魔物と戦うんですか⁉」

「……ん。エンの仕事。今までも、いっぱい戦ってきた。大変だけど、やりがいもいっぱい」

「エンさんは、その歳《とし》ですでに、戦場に出ていると……パパには聞いていましたが、世の中には凄《すご》い子がいるんですね……」

成立していないようでしていない、色々すれ違っている二人の会話に、俺は苦笑を溢《こぼ》す。

「エン、他のとこの子と話す時は、もうちょっと言葉を増やさないと、誤解されちゃうぞ？」

「……むむ。難しい。いっぱい喋《しゃべ》ってるつもり」

ウチの面々相手だったら、慣れているので言いたいこともちゃんと全《すべ》て伝わるが、元々エンは言葉が少ない性質《たち》だ。

一言二言しか喋らなかった昔に比べれば、言葉がかなり増えていることは間違いないが、それでも慣れていないと、この子と会話を合わせるのは少し難しいだろう。

これから、一歩一歩成長していこうな。

――ここは、獣人族の里の迎賓館である。

到着してすぐに俺達はここへ通され、そこで獣王一家と合流し、歓待を受けていた。

エンと同じ年頃に見えるアニは、獣王の一人娘だ。前に、魔界で聞いたことがあったな。

ちなみに、俺達の会話に参加していないウチの嫁さんらは今、獣王の嫁さんと妻トークで盛り上がっている。

旦那《だんな》がどうの、旦那の趣味がどうの、と話しており、そちらには俺と獣王は近付けないので、幼女達の方へ避難して来たのが現状だ。

こういうのは、種族が違えど共通なんだなと、獣王と互いに謎の共感を得たものである。

言葉にはしなかったものの、あの時、確かに俺と獣王は同じことを考えていただろう。

「あ、え、えっと、魔王ユキさんですね！　パパ――わたしの父から、お話は伺っています！　いっぱい助けてもらったそうで、父を助けてくれて、ありがとうございます！」

と、精一杯な感じで頭を下げる獣王の娘ちゃんに、俺は笑って答える。

「おう、どういたしまして。けど、君の父ちゃんとは戦友だからな。互いに背中を預けて戦った以上、そこに助ける助けないも、貸し借りもないのさ」

すると、共にいた獣王ヴァルドロイが、何とも言えないような表情になる。

「戦友と見てもらえているのなら、俺としては嬉しい限りだが……如何《いかん》せん、あの戦争で挙げた戦果が違い過ぎて、肩を並べられている自信がないぞ」

「いやいや、そこで謙遜《けんそん》する必要はないだろ。――アニ、アニの父ちゃんと仲間達はな、こ～んなデッカくて、おっかない骨の化け物が出て来た時も、恐れずに突撃していったんだ。一歩間違えれば簡単に殺されてしまうような相手に向かって、それはもう勇敢にな」

「はえぇ……パパ、家だと全然ママに頭が上がらないのに……」

ちょっと感心したような様子の娘ちゃん。

獣王一家の家庭内事情が窺《うかが》える言葉である。

「その骨の化け物相手に、一人で切った張ったをやっていたのは、どこの誰《だれ》だと言いたいところだがな。……まあ、うむ、パパがママに敵《かな》わないのは確かな事実だが、それはママが強いんだ。ママに比べれば、骨の化け物など恐るるに足らんよ」

「そっかぁ、ママが強いのかぁ……エンさんのパパさんの方は、どうなんですか？」

「ウチも大体一緒だよ。俺も嫁さんらには頭が上がらんし、好き勝手やったせいでよく怒られる。ただ、アニ、それが男ってものなんだ。なあ、獣王」

「あぁ、全面的に同じ思いだ」

「――もう、好き勝手言うんですから。私は妻として、必要なことをあなたに言っているだけです。誰が骨の化け物より怖いですか」

「そうだよおにーさん！　大体、おにーさんが僕達に怒られるのは、自業自得の結果でしょ」

「あはは……ま、でもアニちゃん。男の人っていうのは、色々無茶しがちだから、ウチら女の人が支えてあげなきゃいけないんすよ。それが、妻ってものなんす」

と、俺達の会話に入ってくるのは、妻トークを展開していた嫁三人組。

――獣王の嫁さんの名前は、ファノーラ＝ガラード。

獅子族《しし》ではなく、『狐族《きつね》』と呼ばれる獣人だそうで、狐の耳と尻尾《しっぽ》がある美人さんだ。

アニにあるのも狐の耳と尻尾であり、どうやら母の特徴を受け継いだようだ。

「そうなのですか？　確かに獣人の男の子は、乱暴で、ちょっといじわるで、メチャクチャですけど……大人の男の人も、そうなのです？」

「男の人は、大人も子供もそんなに変わらないっすよ。きっと、アニちゃんがもっと大きくなったら、その辺りのこともわかってくるっす」

「フフ、アニちゃんは可愛《かわい》いから、きっと男の子達も、君の前で良い恰好《かっこう》をしたくて、頑張っちゃうんだよ。いじわるしたくなっちゃうのも、アニちゃんの気を引きたいんだね」

「むっ……娘に近付く男か。部下に精査させねばな……」

「あなた。そんなことに、本当に部下の方々を使ったら、怒りますからね。お客様もいる前で、恥ずかしいことを言わないでください」

「いっ、いや、しかしだな……」

呆《あき》れたような顔をするファノーラさんに対し、情けない顔をする獣王。

……気持ちはわかるぜ、獣王。

ウチの子らも、超絶美少女だから、変なの寄って来そうだし……外に出していない今はまだ大丈夫でも、俺も気を付けねば。

「……それ、イルーナちゃん達が大きくなったら、おにーさんもやりそうだよね。イルーナちゃん達が可愛いから、その内変なの寄って来そうだし、自分も気を付けないとって今思ったでしょ」

何故《なぜ》そんなピンポイントで俺の考えていることがわかるのか。

「あ、今一瞬図星の顔したっす。ウチらには誤魔化《ごまか》せないっすよ、ご主人。一つ言っておくっすけど、大事にすることと、過保護なのは違うっすからね？」

「……へ、へい」

「あら、リューさん良いことを言いましたね。あなたも、肝に銘じてくださいね。獣人の王であるあなたが行動を起こせば、大なり小なり必ず影響はあるんですから」

「……う、うむ」

女性陣からの言葉に、俺と獣王は顔を見合わせ、同時に苦笑いを溢したのだった。


――そうして団らんしていたところで、獣王の部下の一人が、ここへの来客を告げる。

「獣王様、ウォーウルフのが到着致しました」

「うむ、通せ」

ウォーウルフ、って、もしや……。

その後に室内へと入ってきたのは、俺もよく知っている二人。

「父さま！　母さま！」

「フフ、リュー、思ったよりも早い再会になったわね」

「獣王様、この度は我々までお呼びいただき、妻ともども感謝しております」

「良い、お前のところの娘夫婦が遠くから遥々《はるばる》来たのだ。これでお前を呼ばんようでは、俺の方が不義理というものだろう」

入ってきたのは、リューの両親だった。

そうか……わざわざ呼んでくれたのか。

「ありがとう、獣王。気を遣ってくれたみたいだな」

「何、私がしたのはここに呼んだだけのこと。これくらいは構わんよ。それに、ウォーウルフのを厚遇しているとわかってもらえれば、そちらの覚えも良くなるだろう？」

明け透けに話す獣王に俺は苦笑を溢し、それからリューの親御さん二人に声を掛ける。

「お二人さん、元気そうで」

「フフ、ユキさんも、いっぱいご活躍してらっしゃるようで。つい数日前も、この街を救っていただいたそうで、獣人族の一人として感謝していますよ」

「あー……いえ、実は違うんですよ、それ。どちらかというと、俺が起こしてしまった騒動だったんです。なので、むしろ迷惑掛けてしまって申し訳ない思いです」

リューの母親、ロシエラ＝ギロルにそう言葉を返すと、リューの父親、ベルギルス＝ギロルが何とも言えないような顔で問い掛けてくる。

「……もしや、その馬鹿げた気配が理由か？」

ん、親父《おやじ》さんの方はやっぱりわかるか。

「あぁ、詳細は言えないんだが、ドワーフの里でちょっと大きな用事を済ませたら、その関係で種族進化したんだ。なんで、正直に言うと俺は今、種族が魔王じゃなくなってる」

俺の言葉に、親父さんではなく獣王が興味を引かれたような声を漏らす。

「ほう？　では、今の種族は？」

「『覇王』だ。つっても、今後も対外的には魔王でやっていくつもりだし、俺もそれが気に入ってるから、今まで通り魔王って呼んでくれていい。元々、ダンジョンの主のことを魔王って呼んでるんだし、そのこと自体は変わってないからさ」

と、次に親父さんが、呆れた様子で口を開く。

「……お前はいったい、どこを目指しているんだ」

「強いて言えば、ウチの娘らが大手を振って歩ける世界、かな？　もうちょっと大きくなったら学校に通わせてやりたいと思ってるんだが、種族の問題は根深いからな。それをどうにかするための力は欲しい」

今の俺の目的は、それだ。

力があれば全《すべ》てが解決する訳ではないが、結局この世界は、物理的な力を持つ強者が、権力もまた有する。

魔物という危険な敵性生物が存在し、それは政治で排除出来るものではない以上、どうしても力が信奉されるのだ。

「ふむ……種族の問題か。今、世界は一歩前へと踏み出しているが、確かにまだまだ安全とは言えんからな。難しいものだが、そこは我ら王が、どうにかせねばならん。魔王の治める新生ローガルド帝国が、他種族との友好を深める場になってほしいものだ」

「飛行船が生まれたのは、大きな追い風になったな。アレのおかげで、国々の距離が確実に縮まった」

「飛行船か……獣王様は、アレにはすでにお乗りになられているのでしょうか？」

「あぁ、ドワーフのと共にな。これが翼ある者の見る世界なのかと、この歳《とし》ながら見入ってしまったものだ」

その時のことを思い出しているのか、楽しげな表情になる獣王に、俺は笑う。

「俺も初めて空を飛べた時は、それはもう感動したもんだ。これからもっと飛行船が普及して、航路が増えればありがたいんだがな。俺は自前で飛べるが、ウチの家族も一緒に、ってなると、やっぱり移動が難しい面があるし」

「やはり、この里にも一本航路がほしいところだ。この辺りは魔物が多く、森も深い故、発着場を造るのも難しいが……まあ、ドワーフのところに通ってくれた故、現状はそれで事足りているのだがな」

「ドワーフのは、本当に器用なものですよ。仕様を聞いただけで、よくもまあこんな短期間で発着場兼整備場を造れるものかと。あと一年もすれば、自分達で飛行船を製造出来るのではないでしょうか」

「あり得るな。彼奴らの『技術』に対する執念は本物だ、すでに改良型の案すらあるかもしれん。……ただ、あまりやり過ぎると、エルレーン協商連合が持つ権益とぶつかり、いらん軋轢《あつれき》を生みかねんか。うむ、一度ドワーフのとその辺りの話をせねばならんな」

「……確かに、彼らは直接的で、そういう機微に疎《うと》い面がありますからなぁ」

「はは、やっぱりドワーフって、そんな感じなのか。……うん、獣人とドワーフは、本当に良い関係なんだな」

なんて、男性陣で話していると、獣王の奥さんがススス、とこちらにやって来る。

「あなた、お客様も揃《そろ》ったことですし、先にお夕食の準備を。あなたが『内輪でやった方が、向こうも楽しめるだろう』と仰《おっしゃ》ったから、部下の方はいないんですよ。男の方がそういうものだとはわかっていますが、政治の話は後でお願いします」

「ん、あ、あぁ、そうだったな。わかった」

絶妙に頭が上がらない様子の獣王は、コホンと一つ咳払《せきばら》いすると、俺達全員に向き直る。

「では――お客人の方々。本日はお越しいただき、感謝する。ささやかながら、夕食を用意させていただいた。と言っても、あまり堅苦しくないよう、庭でのバーベキューの形とさせていただいた。ベルギルス、ロシエラ殿の二人も、今日は客人だ。そのつもりでいてくれると、こちらとしても嬉《うれ》しい」

獣王の言葉に、リューの両親が感謝するように小さく頭を下げる。

バーベキューか、いいねぇ。これは、俺達に気を遣ってくれたんだろうな。

一応俺は、対外的には『皇帝』の地位があるが、それを基準に歓待されてもマジで困るし、みんなでワイワイしながら食べる方が好きだしな。

王とかそういう外の立場に関係なく、普通に家族ぐるみとして付き合える方が、楽しめる。

もしかすると、事前にリューの両親からそういう話を聞いていたのかもしれない。

「わぁ、やったぁ、バーベキューかぁ！」

「……ん。バーベキューは良いもの。アニのパパは、わかってる」

「えへへ、わたしのパパですから！」

訳知り顔でうんうん、と頷《うなず》くエンに、へへん、とちょっと自慢げな表情になるアニ。

獣王は小さく笑い、そして言った。

「――さあ、晩餐《ばんさん》を楽しんでくれ！」

◇　◇　◇

迎賓館の中庭で行われたバーベキューは、三時間くらい続いただろうか。

楽しかった。

同じ卓を囲み、美味《おい》しいものを食べ、笑う。

それぞれ立場のある身だが、今この時にそれは存在せず、ただ善《よ》き友人達がいるだけだ。

こういう時に飲む酒の、何と美味《うま》いことか。

「フー、美味しかったね……やっぱりこうやって、みんなでワイワイしながら食べるごはんは最高だよ」

「そうっすねぇ……ウチ、そんなにお酒飲む方じゃないっすけど、今日のお酒はとっても美味しかったっす」

声に幸福感を滲《にじ》ませているネルとリューを、俺は両側に抱き、歩く。

二人もまた、酔いからか顔を多少赤らめ、こちらに身体《からだ》を預けている。

現在は、すでに夜遅く。星々が空を彩り、どこからか虫の鳴く声が聞こえてくる。

晩餐は終わり、獣王夫妻は自宅に帰り、リューの両親は俺達より一足先に、彼ら用に用意された一室に引き上げていった。

立地的には迎賓館と同じ敷地内にあるのだが、宿泊施設はすぐ近くの別館にあるため、俺達もこうして中庭を通って移動しているところだ。

エンは、すでに疲れて大太刀へと戻り、アイテムボックスの中で眠っている。

だから今、ここにいるのは、俺と嫁さん二人だけ。

ニコニコと心からの笑みを浮かべ、上機嫌な様子で頭を俺の肩に預けてくるネル。

フリフリと尻尾を揺らし、俺の手にギュッと指を絡ませてくるリュー。

——良い時間だ。

楽しかった晩餐の余韻と、俺の大事なものが、すぐ隣にあることと。

言葉に表すことなど出来ない、至福である。

幸せ、なんて一言では……俺の全身を包むコレは、表現出来ないのだ。

「おにーさん、機嫌が良さそうだね」

「楽しかったっすね、ご主人」

「あぁ、お前らと過ごすのは……本当に、最高だよ。こうして、一緒に時間を刻めるのが。これからも、今日みたいな良い時間をさ。いっぱい、一緒に刻んでいこうな」

「……もう、ずるいよ、そんな真っ直《ます》ぐ言葉を返してくるのは」

「……それは不意打ちっす」

両側の二人は照れくさそうに笑い、部屋に行くまでの間、決して離れることはなかった――。

エピローグ　帰宅

獣王の歓待を楽しんだ翌日は、リューの案内で、獣人族の里の観光を楽しんだ。

リュー曰《いわ》く、獣人族は散らばって里を形成しているそうで、ウォーウルフの里も少し離れた位置にあるらしいが、獣王の治めるこの里が彼らの首都なのだという。

ちなみにウォーウルフの里については「ここの規模を、四分の一くらい小さくして、観光名所を全てなくしたような場所なので、何にも面白くないっすよ。ホントに。ただの集落っす」なんて真顔で酷評していた。

それでもリューの生まれ故郷な訳だし、そちらも見てみたい思いはあったのだが、そこまで予定を入れると帰りが一週間くらい遅くなるとのことだったので、残念ながら諦《あきら》めた。

また、日程に余裕がある時か、リューが里帰りしたくなった時に来るとしよう。

結構、長居しちまったからな。

――そうして、ドワーフの里と獣人族の里訪問は、終了した。

「ただいまー！」

「「ただいまー！」」

「……ただいま」

ダンジョン帰還装置を発動し、ダンジョンに帰ってきた俺達を、我が家の皆がすぐに出迎える。

「！　おかえり、みんな！」

「おかえりー！」

真っ先にイルーナとシィが飛びついてきた後、レフィとレイラも寄ってくる。

「おかえり、お主ら。その様子じゃと――うむ、その様子じゃと、色々収穫はあったようじゃな」

「おかえりなさい、皆さんー。そして……ユキさん、もしや、種族進化を……？」

「おう、やっぱりわかるか。色々あってな。んで……とりあえず、レフィ。体調はどうだ？」

俺の問い掛けの意味を理解し、レフィはにかむような笑みで答える。

「うむ、特に変化はないのう。いつも通りじゃ」

「そうか。……あー、その……ただいま」

微妙に照れくさい気分で、俺はレフィの腹部に手を触れ、そう言った。

レフィもまた、やはり気恥ずかしそうに、だが優しく微笑《ほほえ》んでいた。

特別編　セーフハウス

「うーし、やるぞ！」

俺は、魔王城の最上階バルコニーから、眼下を見下ろす。

レフィが名付けてくれた、我が『ルァン・フィオーネル』城。

アノール・○ンドを目指して造り始めた俺のこの城だが、未《いま》だ完成ではなく、増築に増築を重ねている。

最近は忙しくてあんまりやれていないが、この城造りは、俺にとってもはや趣味の一つと言えるだろう。

今日は時間があるので、久しぶりにじっくり手掛けたいと思ったのだ。

「んー……どっからやるか」

ここから見る限りだと……一番建築が進んでいないのは、城の端の方だな。

外側の建造物は、外装だけは完成しているものの、内装がすっからかんのところが幾つかあり、ハリボテになってしまっている。

あの辺りは……十年掛かって完成したら万々歳だろうか。

逆に、一番城造りが進んでいるのは、中心付近だ。

相当に気合を入れて作成した正面玄関から、真・玉座の間に繋《つな》がるところまでしっかりと造り切ってあり、我ながら満足のいく出来栄えである。

ちなみに、俺が最も気に入っているのは、中庭だ。

ウチの子らがよくそこでかくれんぼをしているので、隠れやすいような死角を幾つか設計し、ちょっと入り組んだ、迷路っぽい造りにもしてあるのだ。

こういうのには、遊び心がないといけないからな！

勿論《もちろん》、安全面には最大限配慮してあります。

何か不測の事態が起きた時のために、至るところに救急ボックスを置き、絆創膏《ばんそうこう》、消毒液、包帯、上級ポーション、上級魔力ポーションを常備させているのです。その位置は、ウチの子らにもしっかりレクチャー済みだ。

子供は、危ないことを結構平気でするからな。その辺りの配慮はしてもし足りないので、出来るだけ行ってあるのだ。

つっても、ウチの子らは俺以上にしっかりしているので、今のところそれらが必要になったことはない。擦り傷のような軽いケガなら、シィが回復魔法で治してあげているようだし。

むしろ、俺とレフィがふざけた結果、俺が怪我《けが》した時にくらいにしか使ってないな。

……うん。

それと、危ないので現在では全《すべ》て非アクティブ化させているが、数多《あまた》の罠《わな》や防衛設備も整えてあり、全てを起動すれば一軍が襲って来ても守り切れるだけの防備が整っている。

コストはかなり掛かっているが……魔境の森の西エリアの魔物で事前に罠群の検証をしたところ、数発食らわせられれば行動不能に出来るだけの威力はあったので、大体の相手ならば殺し切ることが可能だろう。

ただ、大体の相手なら、だ。

レフィみたいな規格外や、そこまで行かずとも、仮に西エリアの魔物どもが百匹単位で襲ってきたとしたら、こんだけあっても無意味だろう。

せめて草原エリアから内側だけは、何が来ても撃退出来るだけの態勢を整えておきたいところだが……コツコツ追加していくしかないな。

一国の正規軍が来ても撃退出来るだけの防備が整っているはずなのに、それでも安全が百パーセント確保されているとは言えない辺り、この世界の生物の強靭《きょうじん》さがよくわかることだろう。

……長い歴史があるにもかかわらず、この世界がそこまで発展していない理由には、そういう点があるのかもしれないな。

戦いのための魔法技術こそ進んでいるが、それに比べて生活レベルは、一段階も二段階も低いというのは否めない事実であろう。

ウチはダンジョンのおかげで、不自由のない生活を送ることが出来ているが、これが相当特殊な例であることは間違いない。

ヒト種を取り巻く環境が過酷なせいで、日々を豊かにするための発明をする暇がない訳である。

そんなことをするよりは、もっと安全性を高めるために、戦いの技術を研究した方が良いと考えられているのだと思われる。

レフィみたいに、単体で幾つもの国を滅ぼせるような生物が存在する世界だしな。そうなってしまうのも、無理からぬことなのだろう。

――と、この世界の過酷さに思いを馳《は》せている時だった。

壁をすり抜け、どこからともなくレイス娘達が現れる。

「お、よう、お前ら」

そう声を掛けると、まず長女レイが「おはよー！」と言いたげにニコニコと笑みを浮かべ、次女ルイが「よー！」と言いたげにピンと片手を挙げ、三女ローが「何してるのー？」と言いたげに首を傾《かし》げる。

「おう、城造りを進めようと思ってな。そのための計画を練ってたんだ。……そうだ、お前ら、何かダンジョンに追加してほしいものとか、あったりするか？」

すると、まず長女レイが「びっくりハウス！」と答え。

次に、次女ルイが「お菓子の家！」と答え。

最後に、三女ローが「誰《だれ》もが知らぬ、まだ見ぬ世界」と答える。

……前者二人はともかく、ローさん。あなたはなかなか難しいことを仰いますね。

「あー……わ、わかった。頭に入れとくよ。……んじゃあ、ダンジョンの防衛的に、何か必要だと思うものは、あったりするか？」

その問い掛けに、彼女らは少し真剣な様子になり、考える素振りを見せてから。

ダンジョンの魔物として、真面目《まじめ》に考えてくれているようだ。

少ししてから、まずレイが、「さらなる罠」と。

ルイが、「兵」と。

ローが、「もし何かあった際の、逃げ先」と。

「……ん、確かに、どれも必要なものだな」

特に……ローの提案は、ちゃんと考えなければならないものかもしれない。

俺は、戦いにおいて我が家の者達を巻き込みたくないと考えているが、本当にどうしようもなくなった時、レフィに助けを求めることはあるかもしれない。

実際、精霊王が我が家に訪れた時、彼が味方とはわかっていなかったため、俺は彼女に助けを求めようとした。

俺では、天地がひっくり返ってもどうにもならず、ただ死ぬだけだとわかっていたからだ。

今後、精霊王のような圧倒的なる強者が現れる可能性もゼロではなく、そして、その者が彼のように友好的であるとは限らないのだ。

その度に、俺はレフィに助けを求めるのか？　それは、嫌だ。

であるならば、どうあがいても俺とペット達では敵《かな》わないような強者がもし現れた時のため、逃げ先を造っておくというのはアリだ。

いや、実際に造るべきだろう。

この世界は、危険なのだ。安全確保のための措置は、やれるだけやっておくべきである。

「ありがとう、お前ら。考えとくよ」

礼を言うと、彼女らはキャッキャッと喜び、そのままふよふよと気の向くままに去って行った。

城の拡充のことばっかり考えてたが……セーフハウスか。

ダンジョンコアは、ダンジョン領域内ならば自由に移動させることが可能なので、仮にここが危なくなった際、そこへ持って行くことも出来るだろうしな。

ん、ローは、マジで良い意見をくれた。

今後数個はセーフハウスを造るとして、今日はまず、一個建設してみるとしようか。

場所は……魔境の森からは出来るだけ離れた位置に造るべきだな。

となると、候補は幽霊船ダンジョンや、俺すらどこにあるのかわかっていない、リューの一族とパーティをした浜辺……あとは、ローガルド帝国か。

俺は『マップ』機能を開くと、全てのダンジョン領域のマップを表示させる。

この中で最も逃げ場所に適してそうな場所は……お、ここ···とか良さそうだな。

俺が目を付けたのは、ローガルド帝国の海岸沿いから少し離れた位置にある、無人島。

マップ上で見た限りでは、魔物などは全く棲息《せいそく》しておらず、人が定住出来るような大きさの島ではないものの、一時の避難場所としては十分な広さがある。

ローガルド帝国は、この大陸において魔境の森とは真反対の位置に存在している。

こっちで何かがあった時に逃げる場所としては、最適な立地だろう。

うし、さっそく現地を確認してみるか。

俺は一度真・玉座の間に戻ると、中にいたレフィに声を掛ける。

「レフィ！　俺、ローガルド帝国の方に行ってくるわ。多分夜まで戻らん！」

「む、わかった。昼飯と晩飯はどうする？」

「昼はテキトーに一人で食う！　晩までには帰る！」

「ならば、冷蔵庫にサンドイッチがあったはずじゃから、それを持って行くが良い。お主の昼飯分くらいはあったはずじゃ」

「了解！」

そうして軽く準備してから、俺は我が家を後にした。

◇　◇　◇

という訳で、やって来たのはローガルド帝国。

一応皇帝である俺が来ると、大事になってしまうので、バレないようこっそりだ。

少し前、こっちを一通り見て回った際に、空間魔法で繋がっている例の扉を、ある程度増設しておいたのだ。

最初に帝城に設置した扉以外の位置は、誰にも言っていないので俺しか知らない。

帝城のところの扉、兵士が常駐してて、俺が行くとすぐにそれが伝わるようになってるっぽいからな……仕方がないとは言え、ちょっと面倒である。

そんなことを考えながら、俺は隠密《おんみつ》スキルを発動して空に飛び上がり、マップを見ながら目的の小島を探す。

ローガルド帝国は、海側もかなり広くダンジョン領域化されているようだが、これは海岸からの襲撃を警戒してのことなのだろう。

ダンジョン領域になってさえいれば、敵の侵入は即座に気付けるからな。

「お！　あったあった」

海岸に沿って飛び続け、一時間程。

船であれば、本土から三十分かそこらだろうという位置に、その島はあった。

真ん中に、緑で覆われた小高い岩山があり、波で抉《えぐ》れたのか端に洞穴が形成され、くり抜かれて向こう側が見えている。

岩山を中心に広がっている砂浜は白く綺麗《きれい》で、ポツポツと生えた南国風の木が良い味を出している。

……結構良いな、この島！

降り立った俺は、散策を開始する。

なかなか、風情のある小島だ。海賊が財宝でも隠していそうな雰囲気である。

岩山が少々険しいな。俺やレフィなら飛んで登れるが、他の子らは無理だろうから、登れるようにするなら階段は追加しておくべきだろう。

気候は、ちょうど良い感じで、魔境の森より涼しい。生物の気配は、やはりなし、と。

ここだ、ここで決定にしよう。

中心とするのは……ん、この洞穴だな。

テーマは、『海賊の入り江』って感じで行こう。

海賊の、秘密の隠れ家。

となるとやっぱり、基本は木造がいいか。木造り基地だ。

そうだ、壊れかけの船を、そのまま小屋に改造した感じにしたい。幽霊船ダンジョンから、良さそうなのを一隻持って来るか。

んで、雑多な感じに、そこから小屋を段々に積み重ねて広さを確保して、ダンジョンの機能で崩れないよう固定しよう。

明かりは……海賊の入り江だし、ランタンがいいか。薄暗闇《くらやみ》に浮かぶ、ランタンの淡い明かり。

いいぞ、全体像が浮かんできた。

あとは、過ごしやすいように地形を多少弄《いじ》って、危険がないようにして……お、そうだ、せっかく綺麗な砂浜があるんだし、ビーチとしても使えるようにしなくては。

俺達がいない間の防備も考えないとだな。ここはローガルド帝国から非常に近いので、本当に海賊のような無法者がやって来て、住み着かれても面倒だ。

……いや、というか、もう島全体が見えないようにしちまおう。

今まで使ったことはないが、ダンジョンの機能に確かそういうものもあったはずだ。

現地人からしたら、島一つが突然消えた怪奇現象として見られるかもしらんが……ここはもう俺の国であり、俺の領土だ。

その辺りは好きにさせてもらうとしよう。

ま、国の方には後で、一声掛けておくか。使ってない島一つ貰《もら》ったって。

そうそう、海賊なら酒場も欲しいよな。メイン広場はそんな感じの造りに――。

◇　◇　◇

表からパッと見ただけではわからない、洞穴の内側。

そこに置かれているのは、壊れた船の残骸《ざんがい》だ。

ただの残骸だったそれは、だが今では板の破れたところには窓が設置され、扉が設置され、人が住める家となっている。

そこから上に向かって小屋が増設され、乱雑でありながら、どことなく風情を感じられる、ワクワクさせるような入り江を、ランタンの淡い光が照らしている。

まさに、海賊の隠れ家と言うべきものが、そこにはあった。

この光景を前に、言うことはこれだ。

「俺、セーフハウスを造ってたはずなんだけどな……」

セーフハウスとはいったい。まあ、隠れ家みたいになったことは確かだけれども。

つか、そもそも今日は城造りを進めるつもりだったんだがな。

なんか、普通に良いところ——いや、正直に言おう。

会心の出来だ。造りたいものを、造りたいままに完成させることが出来た。

もう、単純に別荘として使いたい。草原エリアの旅館みたいな感じで、普段使いしたい。

我ながら良いものを造ってしまった……この出来なら、ウチの子らも大喜びで探険してくれることだろう。

……ただ、まだ物が少ないな。

雰囲気を出すための小道具は追加しまくったが、生活用品なんかは全然ないので、今のままではここで生活は出来ないだろう。

一応立ち位置としてはセーフハウスなので、一か月分くらいの食料や生活必需品は用意しておかないとな。

あと、トイレは造ったが、風呂《ふろ》がないな、風呂。普段使う時ならば、いつもの旅館の風呂に行けば良いが、そうでない時のためにこっちにも追加しなければ。

明かりも、ランタンは雰囲気があって良いが、ちょい暗い。外はこれくらいで良いとしても、部屋の中の光源は流石《さすが》にもっとないとダメだろう。

夜の今など、目が悪くなりそうな感じの暗さである。こういうところは、雰囲気よりも実用性を優先するべきなのだ。

——って、待て、いつの間にこんなに暗くなったんだ？

全然気付いていなかったが、空を見上げると、ちょうど陽《ひ》が海に沈みゆくところで、全《すべ》てが紅色に染まっていた。

……ん、ちょうどいい時間だな。

せっかくだし、今日はみんなをこっちに呼んで、晩飯を取るとしよう！

◇　◇　◇

「うわー、すっごい！　おにいちゃん、今日はこれを造ってたの？」

「あるじ！　ここ、とってもとってモ、かっこいいよ！」

「……秘密基地みたい」

「おう、頑張って造ってみた。海賊っぽいところにしようと思って」

「海賊！　確かに、とっても海賊っぽい！　これは是非とも、海賊な探険ごっこをしなければ！

おにいちゃん、探険してきていい⁉」

「いいけど、もうすぐ晩飯だし、暗くてちょっと危ないから、近くだけな。島全体の探険は明日にしよう」

「わかった！　よーし、我々は海賊探険隊！　新たなる未知が眠るこの島を、探険だー！」

「あイあい、キャプテン！　おおせのままに〜！」

「……むむ、お腹《なか》は空《す》いてるけど、探険もしたい」

「エンちゃん、いっぱい動いたら、ご飯もさらに美味《おい》しく感じるよ！」

「そうだよ！　くーふくは、さいこーのスパイスなんだよ！」

「……ん、仕方なし。好奇心の前には、全ては平伏するのみ」

エンの言葉の後、レイス娘達がうんうんと同意するように首を縦に振る。

そうして幼女達が、大喜びで辺りの散策を開始した横で、一緒に付いてきた大人組がそれぞれ口を開く。

「うーん、イルーナちゃん達じゃないけど、とっても良い雰囲気だね。僕もこういうところ、結構好きかも」

「ふむ、確かに洒落《しゃれ》ておるな。お主は意外と、こういうものを造る才能があるのかのう？」

「才能は絶対あるっすよ！　これですごくないとか言ってたら、ただの嫌味っすね」

「フハハハ、俺はクリエイティブ魔王だからな！　……ま、色々知ってるから、色々造れるってのはあるな。先駆者じゃないから、その分有利だし」

ネズミの国とか。パイレーツでカリビアンな海賊映画とか。ひとつなぎの大秘宝を目指す海賊漫画とか。

そういう知識があり、そこにダンジョンの力が合わされば、例のサンドボックス型建築ゲーム並には、自在に造ることが出来るのだ。

「知っていることを活《い》かせるというのは、十分才能の一種だと思いますけどねー。あと、私としては、この建造物の基となったもののお話をお聞きしたいところですー」

「それはまた今度な」

お前が本気になると、何時間掛かれば満足してくれるかわからんし。

前世の話とかもう、どれだけ彼女に語って聞かせたことか。

「さあ、お前ら。イルーナ達が外を探険している間に、飯の準備をしよう。エン辺りが餓死しちまう」

「あはは、エンちゃん、ご飯前はいっつもそんな感じだもんね。急いで準備しよっか」

「レイラ、今日の晩飯は何じゃ？」

「今日は、ビーフシチューですよー。……そうですねー、ちょっと海賊っぽく、骨付き肉でも追加しましょうかー」

「それは良い案だ！　よし、すぐに焼こう。焼くだけならそんなに時間は掛からないだろうしな！」

「それじゃあ、僕達はこっちの準備しよっか！　レフィ、リュー、手伝ってくれる？」

「うむ、了解じゃ」

「はーいっす！」

俺達は、ワイワイと騒ぎながら、晩飯の用意を始める――。

あとがき

どうも、流優《りゅうゆう》です。十二巻をご購入いただき、誠にありがとうございます！

さて、今巻はまず、戦争後に残った問題の話から入りました。他種族間で戦争が起きちゃったら、きっとこういうのも出て来るよね、というのを書きたくて、書いた話でした。

現実では特にそうですが、人の感情は一筋縄ではいきません。全員が全員同じ方向を向いている、なんていうのは不可能で、人の死が関わる戦争なんかでは、それこそ割り切るなんていうのは難しいでしょう。

そういうリアルな感情を、上手《うま》く書けるようになりたいね。

そして、神の話。今回で世界の秘密が大きく明かされました。

ぶっちゃけ、前巻の十一巻にて、ローガルド帝国前皇帝シェンドラと、ダンジョンに関する会話を交わす時まで、その辺りの設定は考えていませんでした。

ユキ達の世界とダンジョンには、共通点があるようだ。ならきっと、そこには秘密がある。

では、それはいったいどんな秘密なのか？　という思考から、この世界の根本の設定と、神様達が生まれました。

そして、龍の里で得た神槍《しんそう》も恐らくそこに関係するはず。となると、鍛冶《かじ》が生業《なりわい》のドワーフも関係するはず、と連想していき、今回のドワーフの里の話となりました。

次、書くとしたら……魔境の森の秘密、ですね。何故《なぜ》あそこが、秘境となっているのか。魔物達がバカみたいに強いのか。まだまだその辺りは謎で、作者自身も気になっているところです。

もっと世界を広げていこうか！


最後に、謝辞を。

この作品を共に作り上げていただいた、担当さんに、だぶ竜《りゅう》先生に、遠野《とおの》ノオト先生。

関係各所の皆様に、この物語を呼んでくださった読者の方々。全《すべ》ての方に心からの感謝を。


それでは、また世界のどこかで。アディオス！

カドカワBOOKS

魔王《まおう》になったので、ダンジョン造《つく》って人外娘《じんがいむすめ》とほのぼのする 12

2021年11月10日　初版発行

著者／流優《りゅうゆう》

発行者／青柳昌行

発行／株式会社KADOKAWA

〒102-8177
東京都千代田区富士見2-13-3
電話／0570-002-301（ナビダイヤル）

編集／カドカワBOOKS編集部

印刷所／大日本印刷

製本所／大日本印刷

Printed in Japan
ISBN 978-4-04-074301-1 C0093

新文芸宣言

　かつて「知」と「美」は特権階級の所有物でした。

　15世紀、グーテンベルクが発明した活版印刷技術は、特権階級から「知」と「美」を解放し、ルネサンスや宗教改革を導きました。市民革命や産業革命も、大衆に「知」と「美」が広まらなければ起こりえませんでした。人間は、本を読むことにより、自由と平等を獲得していったのです。

　21世紀、インターネット技術により、第二の「知」と「美」の解放が起こりました。一部の選ばれた才能を持つ者だけが文章や絵、映像を発表できる時代は終わり、誰もがネット上で自己表現を出来る時代がやってきました。

　UGC（ユーザージェネレイテッドコンテンツ）の波は、今世界を席巻しています。UGCから生まれた小説は、一般大衆からの批評を取り込みながら内容を充実させて行きます。受け手と送り手の情報の交換によって、UGCは量的な評価を獲得し、爆発的にその数を増やしているのです。

　こうしたUGCから生まれた小説群を、私たちは「新文芸」と名付けました。

　新文芸は、インターネットによる新しい「知」と「美」の形です。

2015年10月10日
井上伸一郎

辺境でのんびり……
出来ずに内政無双中！
はやく休ませて！
コミックス
絶賛発売中!!
原作：うみ　漫画：佐藤夕子
キャラクター原案：あんべよしろう
「少年エースplus」にてコミカライズも連載中！
シリーズ
好評発売中
!!!!!
追放された転生公爵は、
辺境でのんびりと畑を耕したかった
～来るなというのに領民が沢山来るから
内政無双をすることに～